九州出版社 JIUZHOUPRESS | 全国百佳图书出版单位

图书在版编目(CIP)数据

一根稻草的安慰 / 梅子著. -- 北京 : 九州出版社,2014.3
(2021.7 重印)
(爱上阅读 : 中小学生晨读精品选 / 高长梅, 许高英主编)
ISBN 978-7-5108-2753-2

Ⅰ. ①一… Ⅱ. ①梅… Ⅲ. ①散文集 - 中国 - 当代Ⅳ. ①I267

中国版本图书馆CIP数据核字(2014)第041941号

一根稻草的安慰

作　　者　梅　子　著
出版发行　九州出版社
地　　址　北京市西城区阜外大街甲35 号(100037)
发行电话　(010)68992190/2/3/5/6
网　　址　www.jiuzhoupress.com
电子信箱　jiuzhou@jiuzhoupress.com
印　　刷　北京一鑫印务有限责任公司
开　　本　720 毫米×1000 毫米　16 开
印　　张　9
字　　数　150 千字
版　　次　2014 年 5 月第 1 版
印　　次　2021 年 7 月第 5 次印刷
书　　号　ISBN 978-7-5108-2753-2
定　　价　36.00 元

阅读随想（代序）

爱上阅读。阅读能使我们进一步获取智慧，获取解决问题的方法与能力。

微信中，有一篇叫《读书的十大好处》的文章流传颇广。它概括的所谓十大好处独树一帜：1. 养静气，去躁气；2. 养雅气，去俗气；3. 养才气，去迂气；4. 养朝气，去暮气；5. 养锐气，去惰气；6. 养大气，去小气；7. 养正气，去邪气；8. 养胆气，去怯气；9. 养和气，去霸气；10. 养运气，去晦气。

微信中，还有一篇文章也被大量转发，叫《读书是最好的美容》。文章认为，"人通过读书，在幽幽书香潜移默化的熏陶下，浊俗可以变为清雅，奢华可以变为淡泊，促狭可以变为开阔，偏激可以变为平和"。的确，打开书，便打开了一扇面对世界的窗口，你读天，无际的长天予你灵性；你读地，宽厚的大地赠你理性。打开书，便打开了一面审视生命的镜子，那扑面而来的真善美令人陶醉。

还是微信中的一篇文章，叫《通过阅读解决自己的困惑》。文章认为，阅读不能仅仅是小清新、轻口味、品时尚的浅阅读，有时还得"重口味"。阅读即要脚踏实地，要观看现实，了解人类文化的百态，知识的种种。但是只看"大地"那是不够的，还需要仰望星空，还要读读诸如《论语》、

《庄子》之类的书,以加深我们对人性的理解且不丧失对智慧的信心。

再引用著名作家王蒙先生2013年9月发表在《人民日报》上的《“攻读”的日子哪里去了》中的一段话:离开了阅读,只有浏览与便捷舒适的扫描,以微博代替书籍,以段子代替文章,以传播代替学识,以表演代替讲解,将会逐渐使人们精神懒惰,习惯于平面地、肤浅地接受数量巨大、获得廉价、包含着大量垃圾赝品毒素的所谓信息,丧失研读能力、切磋能力、求真求深的使命与勇气,以至连讨论追究的习惯也不见了,苦思冥想的能力与乐趣也没有了,连智力游戏的水准也降到幼儿级别以下了。这样下去,我们会空心化、浅薄化与白痴化,我们的宝贵的头脑的皱褶将渐渐平滑,我们的“灵”的思辨思维功能将渐渐萎缩,而我们的大脑将只剩下海量获得八卦式的信息然后平面地记忆下来、转销出去的“肉”的能力。

杨绛说得更好:读书正是为了遇见更好的自己。读书到了最后,是为了让我们更宽容地去理解这个世界有多复杂。

爱上阅读。阅读提升我们的素养,阅读最终将改变我们的人生。

目录

Contents

PART 1
亲子·教育篇

"猛女"和"傻宝" …… 002
一根稻草的安慰 …… 004
入学前的恶补 …… 005
劝架 …… 006
小妈妈　大宝宝 …… 008
一个小小的温暖怀抱 …… 010
女儿想要一条狗 …… 012
非常时期的非常举动 …… 014
草事二章 …… 016
只是为了让你不受伤 …… 020
"家长"不在家 …… 023
雨中的那朵小红花 …… 024
我的陪读生涯 …… 028
段子十则 …… 030
我儿子叫休·威廉姆斯 …… 037
幸福不比较 …… 038

强盗猫…………………………………………………… 040
黑虎……………………………………………………… 041
镜子前的哭泣…………………………………………… 043
梦中的背诵……………………………………………… 045
母女争宠记……………………………………………… 048
女儿的整蛊大礼包……………………………………… 050
大声说“爱” …………………………………………… 051
三个人的“情人节” …………………………………… 053

PART 2

亲情·家园篇

当您老成了我的孩子…………………………………… 056
不是因为我很棒………………………………………… 058
有种心绪到秋天才明白………………………………… 059
母亲的味道……………………………………………… 061
童言有忌………………………………………………… 063
我是“瘪嘴丫头” ……………………………………… 065
那时的暑假……………………………………………… 067
一件碎花衣衫…………………………………………… 069
桃酥……………………………………………………… 070

十六岁花季…… 072
惨绿花季…… 074
白馒头黄馒头…… 079
蒸蟹记…… 082
回乡下…… 084
我的“虚荣”婆婆…… 088
喊错名…… 089
回家过年…… 092
成为“最美儿媳”…… 094
搀起夕阳…… 096
珍惜花开…… 098
城市上空的野趣…… 102
故园寻春…… 103
夏夜麦场纳凉记…… 106

PART 3
文化·悦读篇

关于抽象画…… 110
全瓦比碎玉更高贵？…… 113
我们多久没写字了？…… 115

慢生活里的灵与肉……………………………………… 118
卑微里的时尚………………………………………… 121
是苦难，亦是幸福 …………………………………… 124
向一棵胡杨致敬……………………………………… 127
一些真相……………………………………………… 130

>>>>> PART 1

亲子·教育篇

学步的孩子需要的只是一根稻草的安慰，生活中大人并不比孩子高明多少。很多时候，尽管知道稻草于我们的行走无益，偏偏我们都渴望它的出现，并且，牢牢抓住不放。浑然不觉，我们需要的是——自救。

“猛女”和“傻宝”

因为单位二十平方米的宿舍太过逼仄，女儿八个月时被婆婆带回老家断奶。总以为女儿要像传说中哭闹几天几夜的，谁知挺认命，只哭闹了一晚便啥事没了，以前和奶嘴仿佛前世仇敌，现在整天抱着，那神情似乎也挺享受。欣慰之余，更多的是失落。

但接下来，意料不到的事发生了，女儿走后我才发现，最适应不了的人竟是我。

从来不知道想念一个人是如此的牵心扯肺，以至于一天老公突如其来接来女儿，才知道自己已经连续几夜在梦里呼唤女儿。

乡下无直达车，来去很不方便，只有和老公一同骑摩托车回家。和女儿见面成为一件很奢侈的事。不甘于这样的被动，我把主意打到老公的坐骑——摩托车上。学会骑摩托车我就可以来去自由了！这个想法让我一下子激动起来，说学就动手，正好老公不在家。老公知道了那是肯定不允许的，一句危险就把我打发了。一切只能偷偷摸摸地进行。

看着摩托车我一阵犯怵，125 的车型对体重四十千克不到的我好像太大了点！费了九牛二虎之力终于把摩托车从车棚推到了路上。怎么骑呢？求教于熟人。谁知连求了几个，愣没一人肯教的，都说不敢担这个责任。推着摩托车立在原地半天，心下一片茫然，直到想到远在乡下的女儿。

想到女儿，年少时的倔强性子突然上来了，一时豪气大发，没人教我就学不会啦？为了女儿这点困难算什么！

于是，揣上身份证，找路人问明了哪是油门哪是刹车哪儿换挡，边琢磨边回忆老公平时的操作，愣是把大摩托车开了起来。这天在人迹稀少处转了几转，胆子壮起来后又到人稍多处转了几转，基本掌握了骑车诀窍。第二天下午，开始实施自己的宏伟计划——骑摩托车回家。抱上女儿，心里甭提有多兴奋了。女儿也兴奋得牙牙地叫，在我怀里蹿个不停。

至今公司同事还津津乐道于我骑摩托车的情景。他们这么形容当时的场面：只见摩托车不见人。皆呼我为“猛女”。现在想来挺后怕的，只是当时根本无暇顾及。

如此来回几次后，我胆子大了起来。一天，面对哭拉着我不放我走的女儿，我做出了一个大胆决定，把女儿带走！正好明天休息。

用围巾缚住我和女儿的腰，我发动摩托车上了路。我骑车已很熟练了，但这次却强烈感受到前所未有的压力，两小时到家后，全身上下都被汗水湿透了。不但如此，晚上给女儿洗屁屁时才发现女儿大腿两侧的皮都被后座蹭破了。换在过去娇气的女儿早哭得人事不清了，但这次她坐在车后一直很安静。看着那发红破皮的地方，我心疼极了，圆圆疼吗？女儿看着我，一味傻傻地笑，嘴里含糊不清地叫着，妈妈抱！抱宝宝！

我的眼泪一下子就出来了，我的傻宝宝哟！

这天，我第一次意识到自己的任性，也第一次看清了自己的奋斗目标——赚钱买房。

一根稻草的安慰

女儿走路晚，十四个月才学会了走路，这让我这个做母亲的在同事面前很没有面子。

其实，女儿一岁时已学会走路了，且走得很稳，却因为被砖头绊了一跤，整整两个月都不肯再挪步，非得大人牵着走不可，一丢开手便哆嗦着两腿站在原地急得直叫唤。怎么诱骗都无用。

眼看着同龄孩子一个个都东家跑西家蹿了她还离不开大人的手，我们真是急煞，最后还是她奶奶想了一个办法，拿来一根稻草，这头大人那头女儿，就这样，女儿才勇敢地迈出了绊跤两月后的第一步。

女儿胆小，全家人得出了结论。

这可不行，得想个法子让女儿改了，我想。

怎么改，从稻草开始。把稻草一点点截短，从长长的稻草到短短的草管，直至完全丢弃。终于，女儿从慢慢步行到拔腿就跑再到猴子一样上蹿下跳，完全忘记了那根她曾赖以为命的稻草。

学步的孩子需要的只是一根稻草的安慰，生活中大人并不比孩子高明多少。很多时候，尽管知道稻草于我们的行走无益，偏偏我们都渴望它的出现，并且，牢牢抓住不放。浑然不觉，我们需要的是——自救。

入学前的恶补

结婚五年后,我们在城里终于拥有了自己的房子,简单装潢之后,把女儿接进城上幼儿园。

去小班给女儿报名时,意外得知今年幼儿园改了入学年龄,女儿完全可以上中班。

都说女孩子发育早,最好早入学,我们自然是喜出望外,急急地领女儿去中班报了名。

名是顺利地报上了,心事却也上了身。为什么呢,因为之前女儿就没上过一天学!因为工作缘故,女儿一直放在乡下她爷爷奶奶家,且不说从农村到城里有个适应过程,就说这成长环境,女儿起步便已落后于很多同龄人,要知道,她爷爷奶奶是庄稼人,在他们心里,田里的庄稼、家里的鸡鸭鹅比孩子要重要得多,抚养孩子,只要给孩子吃饱穿暖就一切 OK 了,哪里会有意识地教孩子什么。这样环境下成长的女儿,直接上中班,跟得上吗?

同事们纷纷安慰我,说小小班和小班都是上着玩的,那些老师和生活老师差不多,你女儿不会自己吃喝拉撒吗?你女儿不会自己穿衣吗?你女儿睡觉尿床吗?你愁什么?

听到这里,心中稍安。

虽然如此,对女儿能否适应学校生活,心里终是忐忑,赶紧把女儿送到母亲任教的幼儿园适应学校生活。

母亲嗔怪我们，前年我就让你们把圆圆先送到我这儿上两年学，提前适应学校生活，你们都说要给圆圆一个童年，让圆圆好好玩玩。这下傻眼了吧？

我们只有唯唯诺诺。

女儿在母亲任教的幼儿园待了两周后，已经基本适应了学校生活，和其他孩子相处甚是融洽，我们心里总算有了点底。

但是，开学第一天，我们就真的傻了眼——老师要求学生会写自己的名字。女儿都没拿过笔，简单的线条都不会，哪里会写自己的名字呢！

谁说小班和小小班只管学生吃喝拉撒的？我恨不得把说这话的几个人找出来狠揍一顿。

还能说什么，唯有给女儿恶补，恶补这些本属于小小班和小班的功课。

接下来的几天，女儿真是可怜，以前天天外面疯玩，现在天天被我们逼着在纸上写写画画，不过也真是争气，三天不到，没拿过一天笔的手，愣是把她的“鞠梦圆”三字一笔不落地写了出来。至此，不管是我们，还是女儿，才都大大舒了一口气。

站在幼儿园门口，看着女儿背着书包走向教室，不由得感慨万千：看来万事还是要未雨绸缪啊！

劝架

我和老公性子都犟，常为一点鸡毛蒜皮的小事唇枪舌剑，斗得脸红脖子粗，大有不拼个鱼死网破誓不罢休之势。

一天傍晚，我们的斗争又渐趋升级。女儿小小人儿往中间一站，叉着腰，眼一瞪，嘴一撇，气势汹汹："你们能不能不吼啊？你们能不能不吼！"意识到了在女儿面前的失态，为人父母的我们立时没了吵的兴致，自觉地闭上了嘴，进入了冷战状态。女儿竟蹬鼻子上脸"骄纵"起来，朝她老子说："我要去散步。"拉起了他的手，另一只手又来拉我。为了不伤及无辜的女儿，我虽对老公恨得咬牙切齿还是一起出去了。

一路上，老公的情绪好得倒快，一会儿便和女儿说笑起来，也搭讪着想引我说话，我阴着脸没搭理他，就这样跟着女儿走在林间小径，一路无言。女儿看看我又看看她爸，把他拉到一旁。顺风飘过来她断断续续的话，什么"天涯海角"、"永远"等，很是让人摸不着头脑，不知这鬼丫头又在出什么鬼点子，我站在路旁等她。一会儿工夫，她拉着她爸过来了，嘴里催着："说啊，说啊！"究竟葫芦里卖的什么药，我有点好奇。她爸不吱声，女儿急了，示意他弯下腰。这下总算听清了："快说，'无论走到天涯海角，我都会一生一世呵护你'，说了妈妈就不会生气了。"我的心一下子软了，心想如果老公真这样说了，立马就原谅他。可是老公平日里最嫌肉麻，脸子比金子贵，期期艾艾总是不说。女儿急得不得了，一把拉住我的手："妈妈，爸爸想对你说'无论走到天涯海角，我都会一生一世呵护你'！你就不要再生气了嘛。"女儿如此用心良苦，我就是再大的气也没了。就这样，一场战争消弭于无形了。

私下里问女儿："你怎么会说这句话的？"女儿回答："电视里男的只要对女的说这句话，女的就一定不生气了。"

汗。细想之下，这真是电视里经典的男人哄女人的一句话。现在的电视，太多少儿不宜的爱情节目，每次一家人看电视，见到这些成人节目，都急急地调台，生怕幼小的女儿受其影响心理早熟，没想到女儿不但留意了，还悄悄地记在了心里，今天又活学活用，巧妙化解了我和老公的矛盾。这个丫头，真让人不知说什么才好。

小妈妈　大宝宝

“小妈妈，我今天身体不舒服，我难受得很啊……”我哼哼唧唧地叫着，在女儿还没把她的玩具拿过来之前，便抢先一步斜躺在了长长的沙发上。

女儿总会在看电视时，左搂一个熊宝宝，右抱一个狗娃娃，腿上还趴着一个半人高的唐老鸭，霸占了家里最长的沙发。这么热的天，这么多毛茸茸的东西，看着就觉得闹心，我恨不得左一腿右一脚把它们通通踢到窗户外面的楼下。

但这招杀伤力太大，我不敢轻易使用，思之再三，终于想出了一个办法，决定利用女儿爱心很大，总想做妈妈的弱点，和女儿那些不会说话的玩具争下宠。

“大宝宝，你哪儿不舒服啊？”女儿同情地问，完全不出我的意料，注意力全部转移到了我身上。

“这儿、这儿、这儿……”我对着女儿，一副痛苦的表情，手指在全身上上下下，点遍全身的每个角落。

“噢，那我给你按摩。”女儿心疼得那样！

我躺在沙发上，头搁在女儿腿上，享受着女儿小大人一样的爱抚。

女儿一边用她的小手按呀捏呀，一边看着电视，电视剧《还珠格格》是她最喜欢的。我闭着眼睛享受着，听到电视里香妃正在与小燕子和紫薇说着话：“以前我还能敷衍皇上，可是蒙尔丹来了，我再也不想敷衍皇上了……”

我说，这演香妃的演员没原来饰演的漂亮，那香妃不只是漂亮，还很有性格，气质真让人难忘，这个只是漂亮，没有气质。可惜之前饰演香妃的演员还没拍完这部戏就出车祸死了。

女儿低头看向我，问："她有没有你漂亮？"

我心里一喜，啊，这句话是不是正意味着，女儿认为我漂亮？

"我知道，她没你酷！"女儿不等我回答，便得出了结论。

"我酷？"一听这话，激动得我欠起身来，两眼直发光。"我怎么酷？"心想，女儿说我酷，是说我刚剪的发型酷？还是我苗条的身材？还是我大踏步昂然前进的男儿气概？还是我一直自诩的两条细腿儿酷？

"你酷得很！你残酷！你冷酷！……"女儿不假思索地组起词来。

晕了！我扬起的头立马重重地落下。

"你——三角裤！嘿嘿嘿……"

越说越不着调了，不理她了。

躺在床上，女儿在一旁画着画，想起刚才的话，我又试探地问她："圆圆，妈妈漂不漂亮？"内心既有点担心又充满了期望。

女儿画着画，慢条斯理地说："漂亮。"摆明是在敷衍我嘛！

"哪儿漂亮？"我催促着，兴奋得两眼发光。说、说、说！

我又怕她哄我开心："说实话。"

女儿放下画笔，两眼笑得弯弯月牙儿似的，酒窝在脸蛋上跳着："你先说，你陪不陪我画画？"还要挟我！

"陪陪陪，快说，快说。"我急切得很，这小嘴儿真难开啊！

"那好"，女儿评委一样矜持，"首先我妈妈苗条。"

"苗条可是褒义词。嗯，爱听，继续！"

"这是我的看法，"女儿补充了一句，"但我可不能保证别人这么看，别人也许认为苗条很难看呢。"

"谁呀？"我在套她的话。

"比如说，季苗（女儿的同学）她就说了，你妈妈太瘦了，不好看。不过，妈妈你别生气，季苗多胖啊，她妈妈从来不给她买裙子，因为她穿裙子有一次都把裙子撑破了呢……”

“还有，你是我妈妈，所以你很漂亮。”

因为我是妈妈，所以我很漂亮。女儿的这一句，我的两只耳朵别提有多受用了。只知道母亲眼里孩子永远是自家的好，母亲的眼光都是偏着的，没想到孩子眼里妈妈也永远是自家的漂亮呢，可见人与人之间一旦有了感情因素掺杂在里面，眼光都不怎么的。再看女儿，真是越看越喜欢，低下头，在女儿肉嘟嘟的脸蛋上狠狠地亲了一口。

一个小小的温暖怀抱

没有分床之前，女儿都是和我睡在一起，为的是晚上能够很好地照顾到她。但一到天冷就完全反过来了，因为我属于内热外寒体质，天气一冷，就感觉全身发冷，手脚尤其冰凉得受不了，一到寒冬腊月问题更加突出。这时候，和女儿睡在一起，受益的反而是我，因为女儿完全像一个小火炉，小小的身体仿佛有着无穷的热量，在寒冷的冬夜散发出诱人的温暖。

我的工作性质是三班倒，八天一个循环，这注定了我八天有四天必须晚出或晚归。夜班还好，虽然深更半夜离开暖烘烘的被窝让人备感痛苦，但是对熟睡中的女儿倒也造不成什么影响。中班就不行了。轮到中班，虽说零点下班，但公司远在几十里外的乡镇，乘班车要半个多小时，回家再洗洗漱漱，每次总得子夜一点多才能上床睡觉，总怕吵醒睡梦中的女儿。而这段时间正值冬日最寒冷时段，任我如何用热水泡手泡脚，还是全身发冷、手脚冰凉。

那天，又是中班。下班回到家，因为实在太困，我在班车上打了会儿瞌睡，回到家后，感觉手脚冻得都僵了。看女儿小脸红扑扑的，正睡得香甜。怕把女儿碰醒，更怕把女儿冻醒，我轻手轻脚上床，撩起被子钻了进去，在被子里刻意和女儿保持着距离。

谁知，这时酣睡中的女儿似乎意识到了我的归来，原本背对着我的她，此刻像向日葵跟着太阳一样跟着我转了过来，同时伸出了双手，紧紧地搂住了我，把热乎乎的小身子完全贴在了我冰凉的身体上，接着又做起了香甜的美梦。

温暖一下子把我拥抱，我的心一下子热了，把自己一动不动地顺在女儿小小的怀中，感到自己冻得有些僵硬的身体以前所未有的速度苏醒过来暖和起来。

这一夜，我想了很多，想到孝顺，又从孝顺想到二十四孝中的十四孝扇枕温衾中的“天下无双”江夏黄香。我心想，如是女儿有心为之，女儿岂不更孝于黄香？要知道，这一年，我女儿才五岁啊！想想又不像。因为整个过程中，女儿似乎一直处于酣睡中，并没睡醒的迹象。如此说来，应该是女儿对我源自天性的依恋了。

原因究竟是什么，第二天问女儿，女儿竟是完全不知晚上的事。只好作罢。有心的孝顺也好，源自天性的依恋也好，女儿一个小小的温暖怀抱，都让我体味到了身为母亲的幸福，在以后的岁月里，时刻提醒着我是一个母亲，更时刻提醒着自己有一个女儿，提醒我：爱，爱啊。

女儿想要一条狗

星期天下午，接了女儿回家，休息了两天，大家心情都不错，女儿更是一路蹦蹦跳跳。这时，遇上一个怀抱贵妃犬的女人，女儿瞅着那狗，眼珠子都移不开了，后来便一路哭丧着脸，脑袋也耷拉了下来，直到吃晚饭也没缓过劲来，一个劲儿念叨着舅母的坏心肠。我和她爸爸对看了一眼，很会意地笑了笑。

"今天，你女儿和轩轩不知从哪家抱回了两条小黄狗，还想得美呢，打算一人一条抱回城里养呢。城市里怎么能养狗呢？两个人被我训了一通，命令他们送回去，他们送倒是送了，不过，回来后姐弟俩关起房门抱头恸哭了好半天呢，就为了条狗！呵呵，至于嘛！"去接女儿时，嫂嫂便把这事当笑话讲给我和老公听。

我们也笑了。我和她爸爸都是上班族，别说这条普通的土狗，就算昂贵的宠物狗白送给我们，我们也没这闲情来伺候呀！嫂嫂做法很对呢。

女儿打小就爱小动物，金鱼、乌龟、小兔子、孔雀鸡什么的都养过，这些东西存活率都不高，往往养了没多久就死翘翘了，辜负了小主人的千般疼万般爱，每次都会换来女儿的两泡眼泪和大半天的没精打采，不过，不要一星期她便又黏上我求我买了，这事在我看来纯粹是找不自在。再说，那些都还只是小鱼缸和小纸盒就可解决的事，这养狗怎么行呢？它会长大呢。所以，虽然女儿早存了养狗的心思，我和她爸爸一直没肯松口。

本来以为这事说说也就过去了，看那时女儿和她弟弟正猴在秋千架上大呼小叫地玩得热闹呢，以为小孩子就是小孩子，刚才的伤心早忘爪哇国去了。谁知，竟然没忘。

餐桌上，我和她爸爸认真地给女儿说明不能养狗的几大理由，可是不行，她依旧伤心个没完。最后我们索性不搭理她了，由着这小人儿啰里吧唆地过嘴瘾。不许她养狗，难道还不许她发泄一下脾气呀？她毕竟是个孩子。再说，爱动物本来也没错，只是条件不允许罢了。

睡觉时间到了，在我的催促声中，一直躲在自己的小房间动画片也没看的女儿才慢慢腾腾地走进卧室，手里抱着她的小狗熊。这毛茸茸的狗熊已被她装扮一新，穿上了小袜子，戴上了头花，披上了丝巾，全身上下都是她的行头。

女儿站在床边，抱着小狗熊磨磨蹭蹭好一会儿，最后可怜巴巴地说话了："妈妈，你要是再生一个宝宝多好啊！你还是生吧。"

她爷爷奶奶一直想再抱个孙子，女儿虽然在一旁从不吭声，脑袋里却复杂着呢，每次当我坚决表示不生时，女儿便会猫咪一样绵软着身子黏着我，不停地亲我，口水湿我一脸，做出一副乖到不能再乖的好宝宝样。今天不怕有弟弟妹妹抢她的爸爸妈妈啦？我抬头看着女儿，抿着嘴笑。

女儿歪过头来想了想，感觉到不对了，忙急急地更正自己刚才的话："妈妈，你要是再生一个专门让我玩的宝宝多好啊！你还是生吧。"

我实在忍俊不禁，笑出声来，这小东西太自私，既想有弟弟妹妹陪她玩，又怕弟弟妹妹抢了我们对她的爱。

看见我笑，女儿更觉得自己错得不应该，眉心拧成了结，开始围着床狗子转篱笆似的打转转，整个一六神无主的样子。看样子，到底要不要爸爸妈妈再生一个小宝宝，这事情让她很苦恼了。

终于，小圆子在床前站定了，一脸的果断："这样吧，你和爸爸还是给我生一条小狗吧。"

非常时期的非常举动

五月十三日的晚上，我和女儿早早坐到了电视机前，看有关四川地震的报道。五月二十日的讯息滞后一天乃我平时生活规律使然。女儿早六点晚八点半准时作息。我则从没看新闻的习惯，上会儿网，然后准时陪女儿休息。白天上班，四川发生七点八级大地震的讯息从同事们的嘴里得知，十遍、百遍、千遍……直震得猝不及防的我大脑嗡嗡地响，心慌得不行。估计女儿也是在学校里知道的。

屏幕上到处房屋垮塌的废墟惨状和搜救场面。震惊。除了震惊，还是震惊。

一旁和我一样惊得瞪大一双眼睛的女儿，却在节目播放间隙拨通了老家的电话。

“奶奶，家里有没有地震啊？……噢，没有就好……奶奶，地震了，你们知道吗？您和爷爷快看电视，发生地震了！电视里正放。（顿了顿）你们这几天一定要看电视，不要只知道睡觉！（她爷爷奶奶一向睡得早）地震来了都不知道！四川大地震都压死很多很多人了！……噢，你们在看电视啊……奶奶，如果我们这儿地震了，您一定要记得躲到床底下，知道吗？！不要想什么钱呀什么东西！逃命要紧！（顿了顿）这样吧，您还是现在就把您家的钱装罐子吧，把罐子里放枕头边，现在就去！一有地震捧罐子就跑！（顿了顿）或者，您和爷爷躲吃饭的大方桌下面，一定要记住呀，不要随便找个地方躲，危险啊，房子一倒你们会被压扁了的。”女儿的防震措施倒是一套一套，我听得一愣一愣的。也不知她听谁说的，反正其时我这个当妈的还不知道。

我在一旁提醒她，奶奶家是平房，躲在床下还不如跑出去呢，两旁的高楼倒下来还不把奶奶家的平房给压扁了？

女儿歪头想了想，点点头认为有理，忙又电话里关照：“奶奶，您和爷爷还是不要躲床下了，赶紧跑到门外空地去，二爷爷三爷爷家的楼房会把您家房子全压垮了的。”电话里传来她奶奶开心的笑，女儿急了，急头白脸在电话里发着狠：“奶奶！我说的您一定要牢牢地记住，不要一睡觉忘得影子都没了！把我的话全当了耳旁风！（这些都是我们平时教育她的话）。”

奶奶在电话里一定唯唯诺诺地应个不停，女儿严肃的表情慢慢地松弛了下来。拿着电话犹豫着，想再说点什么，又似乎全部交代完了，搁电话又觉意犹未尽的样子。

本想出言提醒女儿和奶奶说拜拜，谁知女儿又语重心长地感慨了一句“这世道不太平啊！去年雪灾今年地震，这世道不太平啊！”方搁了电话。这老气横秋的口气像极了她的老师，让我啼笑皆非。

女儿又拨电话给外婆家，不出意外，电话是她小姨接的（她小姨住在她外公外婆家）。女儿又把刚才的话讲给她小姨听。讲完了，静了一会儿，女儿咧开了嘴得意地笑：“我有才呗。”这小家伙倒是大言不惭得很。估计她小姨和我一样，对她知道这么多逃生方法表示惊讶。

女儿的笑瞬间即逝，她突然急切地对着电话：“姨娘，你带着非凡逃命的时候可一定要带姥姥姥爷逃啊，不要把他们丢下啊！”嫌强调得不够，又近乎哀求地说：“姨娘，姥姥姥爷老了，你不带他们逃，他们就逃不出去了。”语气竟一下子悲伤起来了。平时，她不大喜欢她外婆外公，今天，我第一次见她对他们这样的关切，深深地被她的言行感动了。这孩子真是长大了。

估计她小姨电话里一定信誓旦旦的，女儿不再悲伤了。又问：“非凡弟弟呢，我要和他说话。”

以下是她对正上幼儿园的弟弟非凡凶巴巴的训话。

“非凡,你反应迟钝(非凡因小时学走路跌了几百个跟头给了他姐姐反应迟钝的认知),要是地震,肯定呆子似的站着不动。你一定要记得,躲在床下面,或者跟着你妈妈,一定要跟着你妈妈啊!不要痴里木瓜的(骂人的话)!”

(继续凶巴巴的)“非凡,如果你妈妈不带姥姥姥爷走,你一定要提醒你妈妈让你妈妈带,知道不知道!”

(循循善诱的)“非凡,姥姥姥爷对你多好啊,什么好东西都舍不得吃给你吃,什么好玩具都给你买,你说,你和妈妈逃命该不该带着姥姥姥爷走啊?”整个来一个连哄带吓的。

搁了电话,女儿还在自言自语为非凡弟弟担心:“这非凡,反应迟钝,完了完了,肯定逃不出去了。”

女儿可真是大了。

草事二章

草是有生命的

晚饭准备妥当后,去露台透气。

正是初秋时节,有风徐徐。趴在栏杆上,远眺对面的高低楼宇,俯瞰地面人如蝼蚁,仰望天空余晖尽染,心胸顿然开阔。欣欣然回顾屋内,墙角有艳光耀眼，忙注目细看，原来花盆里的花全开了。内心竟一震。

那些大的花儿，鲜黄瓣儿深红斑纹，一朵朵富丽地袒露着，没有敛眉垂首，只有飞扬跋扈，端的是有派，美人的派头。它们是美人蕉，都已半人高了，在一团肥绿中挺拔着身子。把美人蕉众星捧月般簇拥其中的，是那些小而多的花儿，它们桃红的瓣儿粉黄蕊儿，一朵朵噘着嘴儿，撒娇发嗲似的，形状像极了喇叭花儿，那是晏饭花。

一时惊艳。

我已很久没有注意露台上的花儿们了，只记得这美人蕉是我移植来的，还是移植来的那两天浇了水。自从心爱的米兰因为倒春寒死了之后，我于养花上心灰意懒，对其他的也不再上心。少了打理，其他的花儿，除了仙人掌、宝石花、芦荟……这些无须照料也活得很好的外，竟全眼见着的憔悴枯萎了，终于，徒留空花盆一堆，丑陋得扎人眼。这才强打精神移植来几株美人蕉填补一下空白。没想到这些美人蕉生命力真强，倒也没有因为我的无视落到自生自灭的地步。但这晏饭花儿是怎么来的呢？想想应该和女儿有关。女儿是常在晏饭花结籽时节，从楼下花坛收集来一捧花种，撒进花盆里的。女儿是吃个桃呀梨呀西瓜什么的，都不忘把籽儿往花盆里撒的，说要种桃种梨种西瓜。只有她了。

当看到一只花盆里竟长着一株绿油油的花生时，我忍不住笑了起来，更坐实了刚才的推断。这些都是女儿种的！

再凝眸细看，却瞥见花盆里有不少杂草探头探脑，不由得我蹙了蹙眉。

怎么这么多草呢？我自责于自己的疏懒，俯下身子准备拔草。

“妈妈别拔！”手才伸向花盆，女儿不知何时出现在身后，高声嚷道。声音很急切。

我吓了一跳，手悬在了半空中。

女儿一脸的理直气壮，说：“草也是有生命的！”

草也是有生命的！我一愣，转而想想，心里一动。佛曰万物有灵，又曰众生平等，不管多卑微，生命都是不容忽视的。何况花和草只是生命形态不同而已，哪里又有什么高低贵贱来。我本不是那趋炎附势之人，只不过对于野草，农家出身的我已形成了思维惯性，心底牢记“草比庄稼多，要被人戳脊梁骨”的家训，以至于野草也有生命这个问题我想都没有想过。现在女儿提醒了我。我改变了主意，收回了手。反正我家也不种庄稼，草究竟该不该锄去的问题在我家根本没必要考虑。

不该忽略了这些生命的。想通了野草的生命问题，我开始内疚。

后来的日子，我有意无意地注意上了这些花草，想为它们做点什么，但因为有了上次的不良表现，女儿对我戒备心很重，一发现我靠近那些野草，便有些神经质的条件反射，总是出言警告：妈妈，别拔我的草！

好一句“我的草”！女儿已把这野草据为己有了，听得我直想笑。

现在，即使我想为它们做点什么，也根本无事可做，锄草既不用，施肥似有些过，那只有浇水了，可女儿已把浇水揽为她的分内事了。

便乐得清闲。常斜倚了门框看女儿给这些野草浇水，看她放下花洒轻抚它们的茎叶时，一脸的怜惜。

在女儿的照料下，野草长势极好，竟不似田间地头野草的瘦骨嶙峋，有的抽茎长高，竟可以和美人蕉、晏饭花一比高低了，有一盆还高出晏饭花很多；有的就地游藤，葳蕤地铺展开来。慢慢地，竟然所有的野草茎侧都开始簇生出了无数个花苞，花苞是袖珍版的，点点如星。及至花苞绽开，花儿探出了脑袋，这里一丛那里一簇的，极是可爱喜人，仿佛幼儿园刚下课的孩子，散得满园都是，关系黏糊得很，去哪里都舍不得分开。它们的形状有的像六角梅，有的像喇叭花，也都是袖珍版的，点点金黄碎碎米白浅浅粉红，一朵朵小巧得让人生怜。这些茎藤纤细花儿小巧的野草，别有一种不胜凉风的娇弱，让人不由得心生怜惜。

再抬眼看站在花前欢欣雀跃的女儿，这半年不觉间又长高了许多，恰如嫩竹拔节，令人陡生“只愁不养不愁不长”之叹，却依然一脸不谙世事的童稚单纯。一时有点恍惚，有种花如女儿，女儿如花的恍惚。

这一刻，心底柔情荡漾。

不要拔我的草

现在，露台上大大小小的花盆里育满了花草，花和草自吐着芬芳，一幅草追心舞、花随意开的温暖画面。正怡然自得着，问题来了。

同事带了四株植物给我，说是紫罗兰和虎尾兰，说它们都有一个共性，好养活。同事的好意，我很高兴地谢了，接过花来。回家到露台上一看，才发现问题来了，家里已没有多余的花盆。只有拔了野草。

可，拔哪个呢？一时间拿不定主意。

拔了花生？

似不妥。且不说它几天前还开了几朵鲜黄的很正宗的花生花，让女儿好一阵惊喜，指望着收获季节的到来，好歹它还是庄稼呢。

拔了面前花儿开得正欢的野草？

想到要剥夺一个生命，尤其是一个卑微如野草的生命开花的权力，实在是不忍、不舍、也怕女儿那关过不去。再说，就是清理出一个花盆，也没什么意义，育不了手中这许多呀。一时无措。

掉过头来，看到大花缸，有了主意，那偌大的花缸里只长了一棵高草，且这高草树似的只长了个身骨，从没见开过花。那就先让花儿们到花缸里挤一挤吧。一棵野草换得这么多花卉的生命，也算值了。就拔这个吧。

原谋算着，到晚上才回家的女儿，当是不会立时发现我动了她的野草的，那时夜色已能起到很好的遮蔽作用，谁知当天晚上，开开心心地唱着歌上楼的女儿，到了楼梯口，突然就哑了声。我心里一沉，飞快地把眼睛乜（miē）斜向那株拔下来的野草，这一乜心里大叫不好，屋内透出去的灯光下，它斜斜地探出头来，露出些许已有些蔫的叶子。

女儿向门外奔了去，在草前站定。

以为这下狂风骤雨要爆发了，谁知女儿一言不发。我感觉到一种电闪雷鸣前可怕的安静。

“你为什么拔了我的草？”女儿终于说话了，声音低低的，拖着哭音。

“阿姨送给咱家一些花，我没地方种，只能拔了它，你看，现在咱家的花缸里种了好多好多的花呢。”

女儿咬着唇不吱声。

“那可是花呀！”我说到“花”时，加重了语气，以示强调。

“你种的真是花吗？”沉默了一会儿，女儿迟疑地问我。

我很肯定地回答：“是的，是花，紫罗兰，虎尾兰。都是花。”

女儿沉默了。

她的认知是不是和我一样呢？鲜花和野草，如果二者必须择其一，野草就可以忽略了？突然很希望女儿能够很理直气壮地对我说：妈妈，别拔我的草！

但女儿还是默然。

我的心突然有点疼。

只是为了让你不受伤

中午，女儿放学回来，拿着作文本兴冲冲地到厨房找我，一脸自豪地说：“妈妈，这次我的作文得了三个星，我们老师让您打印几份班上传阅呢。”

我心花怒放，放下手中的活，揽过女儿狠狠亲了两口。女儿小学五年级了，写作文总也找不到门道，作文差成了她乃至全家最纠结的一件事，为这没少挨训斥。三星是女儿的第一次，等同于优秀。

看到我如此开心,女儿也一脸的幸福。

拿过作文来看,文笔还很稚嫩,但相较过去进步已然很大,也许正是这个缘故老师才给她三星的鼓励吧。我决定借这个机会给女儿鼓下劲,便拍手赞道:“这篇作文写得真不错!”又装作遗憾地对女儿说,“要不是妈妈不知道小学生作文的报纸投稿邮箱,就把你的这篇作文投了。”

女儿激动得两眼放光,信以为真了。很兴奋地接茬:“我们班上订了《关心下一代》周报,我可以向老师讨一份报纸给您,上面有投稿邮箱。”

我微微一笑,没当回事。女儿在学校里是个胆小腼腆的孩子,课堂上都怕发言,会主动向老师开口吗?谁知,晚上放学后,女儿果然把报纸带了回来!我的心微微一震。

女儿把报纸递给我后,绝口不提我先前许诺的投稿之事,似乎一切都没发生。但我的一颗心再也无法平静,我知道女儿的这篇作文还够不上发表水平,但我更知道女儿的敏感和脆弱,想了想,有了一个重大决定。

晚上,女儿睡熟后,我悄悄起身去了书房,打开电脑登录邮箱,在内容栏敲下了那篇作文,又在收件人一栏敲上《关心下一代》周报小荷尖尖版面编辑辛彬的地址,写主题时犹豫了,思量再三写了这么一句:“代女投稿《一次特殊的考试》。女儿作文最近进步不小,但还是很自卑,出于一个母亲的私心,恳请辛老师您亲自回复。”然后把信件发了出去。

第二天,总觉得有些不妥,又急发邮件一封,补充一句:“如不被采用,但辛老师您同意回复,我这个做母亲的还有一个请求,那就是,我主题里‘女儿作文最近进步不小,但还是很自卑,出于一个母亲的私心,恳请辛老师您亲自回复’这句千万不要出现在回复里,回复我会让女儿看的,希望您能理解。这厢先谢过了。”

信发出去了,接下来是忐忑不安的翘首等待。

十二月十一日回复来了,邮件主题是“参与是成功的第一步”。内容是:

梦圆同学你好!请问你上几年级呀?平时喜欢动笔吗?把自

己看到的、听到的、想到的写下来，这样很好！很高兴看到你的来稿。我想你呀是个喜欢思考的孩子，有着丰富的想象力。参与是成功的第一步，将自己创作的作品大胆寄出去，你就是好样的。努力吧，期待更多优秀习作。

——辛彬

看完邮件，感激之情如潮涌动，急急招女儿来看，说编辑老师给你回复了呢快来看！这时才敢告诉作文投稿的事。女儿嬉笑着走近看，看着看着动容了。这时，我在一旁轻轻告诉她作文没有被采用。女儿对此并不在意，抬起头很认真地问我："我想回复这个老师好吗？"

于是，女儿口述我代敲的一封感谢信出炉了。

辛彬姐姐（或哥哥）您好！

谢谢老师姐姐（或哥哥）对我的鼓励，这也让我认识到了自己的缺点，今后，我一定会按照老师姐姐（或哥哥）说的去努力，好好看书，拓展阅读面，多动笔，写出比这更好的作文。

——学生梦圆敬上

信件发出去前，我背着女儿加上一句："辛老师，收到您充满爱心的回复，她的母亲我无比地感激您，谢了！"就此断了邮件往来。

这是二〇〇八年十二月八日的事，一晃已有四年，四年里，我常常想起辛编的回复，每次想起都心存感激。要知道编辑一天都收几百封甚至上千封投稿邮件，阅读可谓辛苦，我的代投可谓冒失，我的要求可谓过分，可辛编不但百忙之中抽出时间配合于我，且措辞小心，唯恐对我女儿有所伤害，遇上这样的编辑，实在是女儿的幸运！

现在女儿不但作文成绩突飞猛进，总成绩在班上也名列前茅，还成了一个活泼、开朗、自信、心怀感恩的姑娘，拥有了很多朋友。这正是我想要的结果。我知道，那封回信一定被女儿永远地保存在心里，和我一样。

至于我背着女儿做的小动作，女儿一直不知情，为什么要让她知道呢？就让我们母女内心永存各自的一份感动吧。

“家长”不在家

“家长”说，要去青岛出差，时间可能一月可能半月，你一个人带孩子行吗？要不要妈来？我急急地回，不用不用，我一个人能行。“家长”没再说什么。

“家长”出差那天，我想到得逍遥快活好多天，便狂喜，立马在博客上放那首《独自去偷欢》以示庆贺。引得一众网友跟帖：你这个女人心太野！

本以为这半月可以尽兴写些自己的东西，谁知看着女儿吃她爸爸走前炒的菜看那心满意足的样子就改变了主意。不能给女儿一种爸爸离不得的感觉。咱得证明给“家长”看，咱这个家离了谁都能活，不但能活还活得有滋有味。为了这，我豁出去了，放下写字，家务上班两不误之余，还努力提高厨艺。平时女儿吃饭时，我已坐到了电脑前，现在即使饱了，也爱怜四溢地一旁陪坐。把女儿幸福得满脸放光。

但这天发生了一件事。上中班的我，已为女儿打点妥一切。可晚上七点多钟女儿的电话却一个接一个，先是灯泡闪个不停，要炸似的。再是灯泡炸了，所有灯都不亮，电视机也开不了，家里漆黑一片。女儿挺勇敢地问我开关在哪？电话里指点她，灯还是没亮，时间一久，女儿吓得在电话里哭了起来。我一听她哭,也急得不行,恨不能插个翅膀飞回家。还好,从手机里翻出了楼下那家的电话,拨通后烦请他们帮忙检查一下电源开关。一会儿电话回过来,说电源开关都好,不知问题出在哪儿,只好先让女儿去他们家学习,然后再由他们送我女儿回家睡觉。想到女儿一个人黑灯瞎火地在家,我一直提心吊胆的,一个班上得那叫个不安稳!心里只有一个感想:这时老公在家多好!

"家长"在外,估计也好不到哪去。初时打电话给我,他说,听,海浪的声音哎。然后告诉我他就住在海边上。喜悦之情溢于言表,全没把一家老小放在心上。这几天的问话开始具体到家里的天气冷暖、我们娘俩的一日三餐、女儿的家庭作业等。全没有初时的骚包样。

雨中的那朵小红花

临近下班,天阴阴地下起了毛毛细雨,本来还盼着下班前能消停的,未承想一会儿工夫竟越来越密了。

坐着公司的班车回家,透过雾蒙蒙的玻璃,看不清外面的世界,只见红的绿的水粉画似的晃荡着,那应该是行走着的一件件五颜六色的雨衣和伞花,或者是路边一棵棵因为爆了新绿轻佻得想飞起来的常青树吧。今天,哪儿的天空都在下雨,乡镇是,城市也是,不像有时候,一条路上东边日出西边雨,整个一奇特景观。想到下车后要冒雨冲锋陷阵,一种畏难情绪便潜入了脑中。

雨天路滑，下班时分，公交车又总是很多，班车的连续两次急刹，把本来就恹恹着的我的晕车感觉一下子颠了出来。好不容易晕晕乎乎、迷迷瞪瞪到了站点，车停了，门开了。冷风迎面吹来，我的头脑一下子清醒了许多，探头看了看外面，雨好像没那么厚那么密了，不过，估计到家衣服也该湿透了。

平常，总是很忙，回家的路上总是一溜小跑赶着，一回家便开始忙碌，检查女儿的作业，忙晚饭，准备第二天的午饭……时间就这样在忙碌中不知不觉地溜走，倒也没有"感时花溅泪"的奢侈，但是，闲时就不同了。对于春天，我总是认为的，春天，除了花之外，总少不了风雨的点缀。春花落去，人独立，更著风和雨，总是很萧条的。虽然现在春花正当时，但好景不长在、好花不常开的恐慌却总在闲时提醒着已届而立之年的我，让春天的我总是恹恹的，做什么事都提不起神来。

今天周末，丈夫值班不回家，女儿放学早，早已到家，今天是她一周一次的放风日，现在应该在看电视吧？家里冰箱里现成的饭菜，晚饭也没什么好忙的。衣服反正要湿的，回家换了便是，想到这儿，我越发得懒了，少了奔跑的心劲儿，举起包顶在头顶挡雨，不慌不忙地走在雨中。

走到站台前，四下里逡巡，找着自家的自行车，终于在一棵香樟树下找到了它，心里便想，许是清洁工整理到这儿的吧？推出来踮起脚正欲上车，却听得一声娇嫩的童音，"妈妈"。这声音很熟悉，我一怔。

回过头来探寻声音的源头……面前的香樟树，雨丝透过青翠欲滴、重重叠叠的叶子，汇聚成一串串晶莹的雨滴坠落下来，打在一朵小小的红花上。这红色在雾蒙蒙天空的衬托下，越发的鲜艳夺目。我又一怔。

"妈妈。"一道红光闪过，乌黑油亮的发辫，白生生花蕊似的小脸，跳跃着的浅浅笑窝探出头来……啊，是女儿梦圆！我惊讶得嘴张成了O形。只见她小小的人儿，穿着鲜红的雨衣，手里拿着一把花伞。我一时还没回过神来，女儿说话了："妈妈，我给你送伞来了，接你回家。"

女儿送伞给我，接我回家，这是我从没想到的，虽说女儿八岁了，已上小学，但站台离我家比较远，大人步行尚且要十五分钟，何况她一个孩子！路上车来车往的，女儿一个人在这条路上走，想想都让我很是提心吊胆，所以，女儿离家到站点接我的美事，我想都没敢想过。

“你不知道你家梦圆来？”一旁有人发话了。扭头一看，公司人力资源部部长不知何时站在了一旁，脸上正满是又惊又喜又羡慕的表情。此时，满满的充实感正让我幸福得像个傻瓜，待听见问话，方醒悟过来，摇了摇头：“我也没想到。”部长啧啧称赞，感慨万分的样子，“你家女儿真是……你这个做妈妈的真是值得高兴呢。”她的儿子，比我女儿大两岁。

往外推着自行车，心里美滋滋的，原来女儿给我的惊喜就是这个，雨中送伞，倒是真没想到，确实是惊喜呢。

快下班时，接到了女儿从家里打来的电话：“妈妈，你今天什么时候下班？”我说：“妈妈当然是和过去一样的时间下班啦。”便静静地等她回话。心里在想，是不是这丫头又让我给她买好吃的呢？女儿“噢”了一声，带着兴奋说：“我想给你一个惊喜，你一下班就会知道了。”说完搁了电话。我微微一笑，心想，这丫头，是不是又玩什么花样了！女儿所谓的“惊喜”，我这个母亲时不时地收到，都是些花儿草儿，要么就是在小店里用她的压岁钱买的那些小饰件小贺卡。今年我和丈夫一商议，给了女儿一百元让她自我支配，美的她整个一暴发户似的，给弟弟妹妹同学们买了一大堆小玩意儿，我们看见权当没看见，由她去，看她钱花完了怎么办。算算，一百元现在应该花得差不多了吧？

边抱女儿上车边心疼地问她：“你什么时候来的呀？”

“我一放学就来了。”

“你怎么找到妈妈车子的？”

“到这儿后就找你的自行车，开始以为一辆车子是你的，就站在那车子前面一会儿，后来一想你的自行车车锁是红色的，便又重找，终于找到了。”女儿很自豪。

从接到女儿由家里打来的电话到现在已经一个钟头了，也就是说女儿冒着雨站在这儿已经快大半个钟头了，我无语，只有感动。

女儿是一直站在我家的自行车前面的，只是我没注意。我的眼睛有点近视，但下班后从不戴眼镜，眼睛压根儿就不看人的。随着年岁的增加，开始觉得这世间的一切，什么都是朦胧点好。对自己近视一事，我一点也不认为是缺陷，甚至有时有装聋作哑一般的沾沾自喜。比如，看见了某个不想打招呼的人可以当没看见，却不用担什么责任，当然，对他们而言，一定也是这样的，这很好，你好我好大家好，双赢哪。不过，现在一想，有时候戴眼镜还是有必要的。

载着女儿回家，一路便多出了几许骄傲自豪感，突然想起，当年穿上孕妇裙，挺着大肚子在人前招摇，多么甜蜜，多么温馨的时光。虽然，怀孕时我还只知疯玩，根本没想过生儿育女这些人生大事。可是自从得知她来临后，我的母性瞬间激发了出来，我毫无理由地爱上了这个生命，决意留下她。

突然想起，因为有了女儿，我知道了哪些水果富含哪些营养，哪些食物有助于胎儿的健康发育；懂得了对自己的身体倍加呵护；尝试着打出了自己有生以来的第一件毛衣，接着，一件两件三件……一件比一件漂亮。女儿让我第一次体味到纠结于五脏六腑的母亲的幸福。

突然想起，女儿八个月送回老家断奶，一连数日见不到女儿，我郁郁寡欢，碍于疲于女儿哭闹的丈夫，只能独自忍受着思念之苦。忽一日，丈夫把女儿接了来，我又惊又喜，抱着女儿一阵狂亲，对丈夫这突来的体贴入微感激之余，也有一丝的不解。我知道，对于孩子的来临，年轻的男人不是女人，他们在接受的同时总是带着点被动的无奈的，丈夫并无例外。几天后，丈夫无意中道破其动机："知道你想女儿了，都在梦里叫她的名字了，我全听见了。"我怀疑地反问他："是吗？我怎么就记不起来了呢？"丈夫笑："我听见了，前些时有两天你都在梦里叫'圆圆'。"人说"日有所思，夜有所梦"，原来是真的，女儿让我第一次喜享母女间天伦之乐，也饱受刻骨的思念之苦。

突然想起，从上幼儿园，女儿便开始了她的独立生活，别的小朋友还在睡梦中时，她已经被我们载到了幼儿园门口，孤零零地等着同学和老师们的到来。一直到晚上，别的小朋友都回家了，她还在幼儿园门房向外面瞅着，眼巴巴地盼望我们身影的出现。上小学了，女儿的独立自主能力让每个任课老师都赞叹不已，可我听在耳里，心里总不是个滋味……

都忘了。

这几年，我和她爸做了什么呢？为了"要想给孩子一个美好的未来，就必须给她一个残酷的现在"这一冠冕堂皇的理由，我们给女儿选择了一个残酷的现在，逼她学琴、学画、学奥数、学杂七杂八的一些东西，我们要求她这个要求她那个，达不到要求便横加训斥，甚至施加暴力，全然忘记了她还只是一个孩子，一个只有八岁的孩子，也全然忘记了我们曾经那样的爱她。

为人一世，对一个人而言，如果有一种美好的情操，其他的根本就是次要的。今天，我深刻地体会到，无论我的女儿将来怎样，只要她是一个知道礼义廉耻、知道感恩的人，这就够了。

晚上，手指轻轻地打下上面的如许文字，转头看看一旁熟睡的女儿，秀气的脸蛋，小巧的鼻头，淡淡的茸毛，想起雨中的那一朵小小的红花，满满的充实感再一次充盈我的心房。大概，所谓幸福，就是这种充实感吧？有女如此，夫复何求！梦圆，这朵小花，就是我的未来，我的希望。

我的陪读生涯

这天，上小学一年级的女儿从学校拿回了一张兴趣小组的报名表，征求我们的意见。我一看时间是周六上午，一学期才六十元，天下竟有这等便宜事，活赛天上掉下来一个馅儿饼，立即表示支持。

老公对女儿的艺术天分表示怀疑。先前女儿学过芭蕾，一年后同学们一个个都白天鹅般优美自如地展示美妙身姿了，她压个腿还哭得稀里哗啦！活脱脱一个丑小鸭，太刺激她爹娘的眼球了！

我很自信地打了包票，说这次可不同，小学紧邻我家脚一跨就到，我可以陪学呀！外有老师教，内有我辅导，我就不信女儿是扶不起的阿斗！

这般鼓动我是存了私心的，对艺术咱一直心向往之，只恨生在农村无缘得学，现在可不正是最好的扫盲机会吗。但这不能对老公说，说了显得咱太不阳光了。

以示民主，我把选择权给了女儿。女儿手指二胡说，就学它。

挺失望的。钢琴咱从没想过，太阳春白雪且投资太大，不是咱玩得起的。但二胡好像也太下里巴人了，印象中好像都是老头玩。我蛮想学古筝的，那十指尖尖挑抹拨勾的姿态曼妙得很。不过，二胡就二胡吧，聊胜于无，反正任何乐器我都一窍不通。再说用强了女儿不学也枉然，便报了二胡课。

二胡老师挺喜欢有我做伴，对我一人费用两人学的做法不但没意见，还撺掇我常来。于是，周六上午陪学，每天半小时陪练，看女儿按指，拉弓，拨弦，一点点纠正毛病……全新的生活开始了，挺尴尬也挺有趣，尴尬的是班上我这个"大"学生显得太鹤立鸡群。有趣的是在学校里走动，不时有学生尊称我老师。

学二胡实在是极其考验毅力的，尤其初拉时的吱呀声，用我们同事的话来说就是弹棉花。每天弹棉花半小时不啻精神上的一种折磨，别说女儿三天两头嚷着不学，就连我也几次想放弃。好在咱毕竟是成年人，知道学习贵有恒的道理，又实在想亲手拉奏一曲《二泉映月》，还是咬咬牙忍了下来，为女儿做好表率。

我那点算计自然不瞒死党，死党正陪女儿学电子琴，一听正合心意，再无暇时，便毫不客气地请我代劳，还觍颜说是为了让我多懂点知识。还真别说，因为二胡识了简谱的我因为电子琴又懂了五线谱，感觉都全方位的扫盲了。得了好处的我对陪读有点上瘾了。学期结束后,我又连哄带骗把女儿正式拜在老师门下进行更系统更专业的学习。

就这么借陪读的名义学二胡,五年后不但女儿把十级证书捧回了家,我的二胡也已拉得像模像样。至今想想好险,要不是当初的坚持,咱母女的二胡水平基本上就结束在弹棉花的初级阶段了。

陪学生涯中唯一不可原谅的是:一次,下夜班又累又困的我陪着陪着竟在老师拉奏的优美二胡声中睡熟了……

段子十则

唱给谁听的

女儿问我:“歌曲《传奇》,王菲唱给谁听的?”

我猜了好几个人的名字。女儿就是摇头。

见我猜不着,女儿很自信地说:“我知道,是唱给哪吒听的。”

我目瞪口呆,这哪儿跟哪儿啊?

女儿得意地唱起《传奇》里的一句歌词来——“想你时你在脑海……”说:“这不说明问题了嘛。”

我……不明所以。

女儿点拨说:“闹海的是谁?不就是哪吒嘛。”

哈哈,这丫头,把“脑海”听成“闹海”了。

超自信老爸

老公这段时间迷上了唱歌,有事没事嘴里都哼哼,酒喝多后更是长时间没个消停。五音不全也就罢了,记忆力又不好,经常是盯着一句歌词颠来倒去地哼,还自我感觉良好。对此,女儿不忍心打消爸爸学习的积极性,但忍不住嘀咕,嘀咕时借用了本山大叔小品里那句话,说人家唱歌是要钱,爸爸唱歌这是要命啊。宝贝女儿的话即使是打击也甘之如饴,老公拿出做爸的派头,脸皮超厚地回句,正是因为唱得不好才练的呀。一下子堵住了所有人的嘴巴。

这天早上,一家三口起了个大早回老家。去站台路上,估计是空气清新,路人很少,走在路上感觉很爽,老公又开始哼起歌来,哼了一会儿后,女儿终于忍耐不住,向她爸提意见了:你唱就唱吧,你不能只盯着一句唱呀,更不能把一句歌词颠来倒去唱十几遍啊。她爸低头看看女儿,大言不惭地反问:你没觉得我唱的这十几遍,风格没一个重样的吗?

惨剧告诉我们……

丫头有睡午觉的习惯。

这天饭后,我正坐电脑前码字,丫头打我身边向床走去,边走边嘱咐我:“我睡觉啦,记得到时喊我起来。”

我一口答应,顺便伸出手爱抚地摸了一下她的脸。

女儿捂着脖子夸张地叫了起来:“疼!你指甲划了我的颈项了!你是不是又没剪指甲?!”

忙查看,发现女儿的颈项不红不肿,一点也没有划破的痕迹。我嗔怪女儿大惊小怪。女儿因为每天晚上睡觉都喜欢我给她挠痒,平时最关心我的指甲问题。

“不可能,我昨天才剪的指甲。”我一口否认。

女儿怔了怔,自觉无法自圆其说,只好岔开话题,低下头自言自语道:“想想,要是有哪个宝宝被妈妈的长指甲活活地划死,该是多么恐怖呀!”

静了一会儿后,躺在床上的女儿突然再次开口,对我说:“妈妈,也许明天报纸上会出现一条新闻。”

我用探询的目光看着女儿。

女儿板起一张小脸,模仿中央电视台新闻联播里播音员的声音开始报道:“今天在江苏省某地区发生了一个惨剧,一个宝宝在妈妈帮她抓痒痒的时候,被妈妈的长指甲抓死了,样子惨不忍睹。”

然后,一脸沉痛地做总结报告:“这个惨剧告诉我们,成年人要勤剪指甲!”

我是大学生

餐桌上,大人们边吃边聊,诸如世事变幻、人情冷暖之类。

丫头一旁插嘴不停,因谈话太过专注,大人们置若罔闻。

终于,丫头急了,涨红了小脸,跺着脚,大声抗议:“喂,当我是小学生啊!”

小太阳发火——非同小可。大人们全部搁筷闭嘴扭头齐刷刷地看向丫头。

我故意拿眼白她:“哟,你不是小学生还是大学生不成?!”

心里暗笑,其实,丫头那句话的意思我还不明白?知女莫如母。不过,小学四年级的她自从班主任老师语重心长地宣布她们是“大学生”后,整个人说话都气大声粗了,越来越不能容忍大人们对她的一点点忽视,现在,突然想恶作剧,糗糗她。

众人大笑,饶有兴趣地看着丫头,等着下文。

迟迟没有下文。只见,丫头一副愿赌服输的样,正咧着个嘴朝着我“嘿嘿”傻笑。

我的丫头，还没学会狡辩。

我的腰也很粗

到休息时间了，要关灯睡觉了。开关在女儿床头。看着开关看看女儿，躺在床上的我开始和女儿大眼瞪小眼，扯皮。

我说：“圆圆关灯。”

女儿说：“妈妈关灯。”

我玩花招：“腰最细的人关灯。腰粗的人不灵活。”

女儿一骨碌躺倒，一声不吭。

小无赖。只好起身，准备关灯。

一只手拦住了我。是女儿，她抓过我的手往她身上靠。

不明所以的我由着她，把手搁到一个地方，细细滑滑的，鼓鼓胀胀的——女儿的肚子！

女儿一声不吭，正一本正经地——屏气。

大笑，起身关灯。

走光

骑自行车送女儿去学校报名，途中要过一座桥。

女儿长得太快了，已和我一般高一般重。上桥颇为吃力。因为时间已不早，我弓起背，赖下屁股拼命蹬车。

背上忽重。女儿的手吊上了我的衣服下摆。

本就筋疲力尽，女儿这般更显负重。我急叫：“放手放手，别拉我的衣服！”

女儿没放手。反而很理直气壮地说：“妈妈，风一吹你的粉红内裤就露出来了。我在帮你呢。”

正是上桥的关键时刻。腿脚软绵绵的，都快车倒人翻了，哪还顾得上什么露不露，再说，不还有你这偌大的人坐在后座挡着嘛。我没好气地回："露就露，我里面又不是没穿！我这衣服都露，别人的一定更露。"

女儿依旧不放手，顾左右而言他："瞧瞧，旁边都有男人看你了！"

我索性脸皮一厚："看就看，有什么大不了的？"

女儿话锋一转："喂，你是不是认为有男人看你说明你很有魅力啊？"

"当然。"我说。坚持脸皮一厚到底。

女儿打击我："你别臭美了，那是个五十岁的男人。"

五十岁的男人就不是男人啦？女儿这什么逻辑？正想说点什么。脚底突然松快，下桥了。

谁在说话

开学才两天，女儿身上就看到了变化。精神亢奋。饭量骤增。

精神亢奋能理解，饭量骤增就不知怎回事了。不知这二者有没有必然联系。

中午放学，女儿回家第一桩事，围着锅台转，黏在我身边，连呼"饿死了饿死了！"

"就这么饿呀，你早饭吃得挺多的呀？"我不信。

"真饿真饿，你看看我的肚子都瘪成塘了。"女儿拍拍自己的肚子，又来拉我的手，意思是让我验证。偏我的两手一手执锅一手执铲没得闲，只得作罢。

没有得逞，女儿又讲了一个故事。

"第四节课才上一会儿我的肚子就咕咕叫了，咕咕直叫啊！叫得可凶了。叫得前面讲台上的老师都听见了。突然，她一拍桌子，瞪着我的位置，凶凶地问：'谁在说话？！'"

这个老师，实在太可爱了！我忍不住扑哧一下笑出声来。

女儿仰着头看我，一脸的委屈。

你不是亚军吗

中午，女儿从学校回家，饭前先一番表白："今天不吃饭。"

女儿从来都是菜当饱的。不过，从没像今天这样理直气壮。我调侃她："怎么，不吃饭只吃菜？"

女儿难为情地笑，忙申辩："不，我吃米粥，妈妈您给我煮点米粥。"

我诧异："为什么？"

女儿说："下午要四百米比赛，吃了比赛时会吐的，前天一个同学就吐了一地，老师也让我们少吃。"

原来如此！我恍然大悟。"老师说的是少吃，没让你不吃，你少吃点不就行了？"想想，为提升这句话的可信度，又补充，"当年我可是八百米中长跑的亚军，听我的没错。"

女儿一本正经地问我："你们几个人比赛的？"

我很认真地回忆了下，很认真地回答她："很多人，百十个吧。"

女儿依旧一本正经地说："不对，您一定记错了。"

我怎么记错了？我疑惑起来，停了炒菜转向女儿。

女儿一脸的肯定："只有三个人。一个是瘸子，一个四肢健全。"

三人？瞎说！我笑，拿起铲子作势打她。想想，又傻傻地问："那我是谁？四肢健全的人？"

女儿笑得身子直抖："你就是你呗，你不是亚军吗？！"

妈妈不容易

闲来无事，用手机自拍了一组照片，自我感觉蛮好，拿出来在女儿面前晒。

女儿饶有兴趣地一张张看完，时不时地发表些看法，看完了还从中挑出最好的一张，激动地指着它赞道："这张最漂亮了，像 × × ×（现当红明星）！"

几天后的一个下午，女儿不在，和老公在家里闲坐，老公突然侧过脸，深深地看了我一眼，鬼鬼地笑了起来。没等我问他发什么妖精，他主动交代了。问我："听丫头说你自拍了很多照片对吧？"

我不知何意，看着他没吭声。

他又说："丫头交代我，如果妈妈把照片给你看，你一定要坚持看完，还要装出很认真很高兴的样子，别挫伤妈妈的积极性。最好能从中挑出一张狠狠地表扬一下说妈妈好看。要知道妈妈都这么老了，有这么年轻的心态多不容易啊！"

孝顺

在我又一次丢三落四后，丫头看着我说话了："等我有了钱，我就买一堆报纸回来。"

我诧异："买报纸回来干什么？"

丫头扬扬下巴，说："让你撕呗，预防老年痴呆。撕报纸可以预防老年痴呆，专家们说的。"

我索性脸皮厚到底："我已经老年痴呆了，撕报纸对我已经没用了。"

丫头胸有成竹地说："那我给你颈上挂一个牌牌，牌牌上写上家庭住址、电话号码。像邻楼的爷爷一样，去哪儿都有人帮送回来。"

我儿子叫休·威廉姆斯

晚上洗完了澡，躺在床上随手拿了份资料看。正看得投入，女儿用手捣捣我的胳膊，征询我的意见："哎，我儿子就叫休·威廉姆斯吧。"此时女儿正捧了本《读者》在看。

我从资料里抬起头来，看了看女儿，漫不经心地回她："是吗？"在女儿心中，儿子的功能和玩具差不多。女儿满脑子的稀奇古怪，我早就见怪不怪了。

女儿开始了朗读："一九六〇年二月七日，一艘轮船在多佛的航道上沉没，唯一的幸存者，名叫休·威廉姆斯；一九六七年十二月五日，另一艘轮船在相同水域沉没，一百二十七人丧生，唯一的幸存者，名叫休·威廉姆斯；一八二〇年八月八日，一艘野餐船在泰晤士河翻船，只有一位幸存者，名叫休·威廉姆斯；一九四〇年七月十日，一艘英国拖网船被德国水雷炸毁，只有两人生还——一位男子和其侄子，他们都叫休·威廉姆斯……"

这篇名为《幸运的休·威廉姆斯》的文章，讲的是多发事故中的同一巧合，唯一幸存者都叫休·威廉姆斯。我心里暗笑。没想到这个小屁孩倒有天生的母性，希望自己的子女永远幸运远离灾难。笑过之后我嘴里嗯呀哼的敷衍着女儿，继续低头看资料。

读完后女儿提问了："妈妈，清楚我刚才讲什么了吗？"

关键时刻岂能含糊，我赶紧把视线从资料上移开，正视女儿，口齿清楚地回道："清楚了，我的外孙名字叫休·威廉姆斯。"

女儿很满意，但很快感觉到什么不对，开始纠正我："不对，怎么是你的外孙呢，是你的孙子才对……也不对，我儿子将来该叫你外婆，而不是奶奶，不是孙子，是什么呢？——真是外孙！"

我揶揄她："一个连外孙和孙子都搞不清区别在哪儿的小学生，操心儿子的姓名是不是有些无聊？"

正闹作一团，老公很家长的声音从隔墙传来："哎，你们两个还不睡呀，九点一刻了！"

我和女儿立即停止了打闹，大眼瞪小眼对视了一会儿，却发现，谁都没有熄灯睡觉的意思。

决定拿这事去捉弄一下隔壁那个大呼小叫的男人，看看他有什么反应："哎，你丫头说了，你外孙的名字叫休·威廉姆斯。"

那个男人很快会过意来，笑了，很慈祥的样子。但随即又板下脸，拉长了调没好气地说了声："无——聊。"

幸福不比较

小侄子每次回乡下，第一件事便是钻鸡窝跑猪圈，拦都拦不住。把他爷爷奶奶急得不行，追在身后提醒脏和臭，可骂也没用，他鸡窝照钻，猪圈照跑，嘴里还咯咯咯咯、喔牛喔牛吆喝着鸡们猪们，乐此不疲得很。看得村里人咋舌，都叹城里孩子也可怜，鸡呀猪的都稀罕成这样！

侄子可怜？想想都可笑。小小年纪，吃上考究，穿皆名牌，玩具堆满房间,价钱就没低于三位数的。“稀罕”还差不多。我忍不住地笑,也只有城里孩子稀罕了,想想我们当年,谁有眼瞅这些天天围身边转的牲畜!

那时我们迷自己做玩具。没有一个孩子有现成的玩具,父母都忙于挣工分,把孩子喂饱穿暖就一切 OK 了,哪有心思和闲钱给孩子买现成的玩具耍。没到学龄的我们用句难听的话形容都是牲畜一样野地里放养的,田野里的宝藏太多了,跟着哥哥我学会做很多男孩子的玩具,树杈做弹弓、木头削手枪、烟纸折惯牌,蛛网蒙知了罩……但还是更喜欢做些女孩子的玩意儿,豆叶做毽子、菜花编花环、碎布做沙包、石子抓摸儿、弹黄豆弹豌豆弹蚕豆弹花生弹一切弹得动的东西,把这些玩腻后,又迷上了村后的小河,天天碗一丢便直奔小河,有时滩上追毛蟹,泥里摸螺蛳,狗尾巴草逗得小蟹无计处;有时摘下肥绿绿的大箬叶,或做成口哨,把快活在林里唱响。或分成三股四股编成长长的粽子辫,吊在耳朵上,塞进裤腰里,然后故意摇晃着脑袋,扭摆着身子,使它们晃来荡去,扮画报里的藏女;有时,小心地绕过野蔷薇带刺的杆,伸手采那一簇一簇粉红粉白花儿,头发短插不了,便鼻子下嗅香;有时,什么都不做,只在箬竹林里钻来钻去,听着自己闹出的哗哗啦啦的一阵响,心里便快活得撒欢的小狗子似的……绿色屏障一样的箬竹林,带刺却开得烂漫的野蔷薇,壳透着白透着软的小蟹,泥螺,毛脚蟹的洞穴……都那样的勾魂!

把这些在小侄子面前晒,小侄子羡慕得眼珠子都快掉下来了,但很快,要强好胜的他开始反击,一一列数自己那装满一屋子的玩具,列一个问一声,你有吗?问得我一怔,迟疑片刻后老实交代,没有。清一色的否定后,小侄子的头高昂了起来,斜睨着我,像一只骄傲的小公鸡。想到他那一屋子玩具,我一时气馁,但终是不甘落败,又和他犟上,那你也没有我小时的玩具呀!看得众人全笑了起来,你多大的人了,还和一个孩子比胜?

自个儿也笑了。一想也是,和现在的孩子比什么比,怎么比?幸福不比较,自个儿感觉幸福就好。

强盗猫

家里突然跑来一只大猫，全身的毛都支棱着，颜色黑黑黄黄的刺眼得很，眼里满是野性，活像个打家劫舍的强盗，难看极了。来就来吧，还偷偷地在我家阁楼装电视的包装盒里生了四只小猫。不过这四只小猫倒是蛮漂亮的，白白的身上点缀着黄黄的小花，一点都不像它们的母亲。总让我有一种感觉，十有八九是这强盗一样的母猫和谁家的宠物猫生的。

来已来了，不喜欢归不喜欢，讨厌归讨厌，总不能让老猫和才生的小猫活活饿死吧，既来之则安之吧。只好每天去买点小鱼给老猫吃，给它加营养（小猫要吃奶呢），谁让它也是一条生命呢？不过，晚上我还是不敢上阁楼，想到母猫那支棱着的毛，绿莹莹的眼，我就头皮发麻。

小猫一天天长大了，越来越可爱了，胖嘟嘟的，白白的小肚皮拖在地上，白底黄花的毛亮亮的柔柔的，总能激起我的母性。我发现自己喜欢上它们了，对这母猫宽容了许多，心想，看在这小猫的分上，得善待这生它们养它们的母猫，买鱼买虾更频繁了。这强盗似的母猫的待遇几乎和同事家的宠物猫相媲美了，同事们常笑话我。

不过，我还是考虑起小猫的去留问题，小猫一天天长大了，四个太多了。便向同事们征询谁家养猫，同事们几乎从我家的小猫一出生就听着我的念叨，为小猫的吃喝拉撒出谋划策牺牲了不少脑细胞，都培养出感情来了，一提领养，还争着抢着了。最后我如同挑金龟婿一样为我家的小猫挑好了主人。自家也留了一只,最漂亮最可爱的我可舍不得,想好后,便准备着手去办。

回家后,感觉有点不对头,家里好像一下子空旷了许多,到猫的纸盒子一看,空荡荡的,猫呢?我疑惑着。第二天,一起床又去察看,还是空荡荡的盒子。猫呢?老猫把小猫都叼走了?难道这猫竟是有灵性的?就在我决定把它的孩子送走的这天,竟然把它们全叼走了?它感觉到了危险!我对这强盗猫敬畏起来,更对那不可知的神秘力量充满了敬畏!

这猫再也没出现,老公念叨了好几回,女儿更是天天念叨时时念叨,伤心极了。我也常常牵挂。有天忍不住发牢骚,不是说养儿方知父母恩的吗?这猫白吃白喝白住了咱家,让我们操心了几个月,我们也算是它的衣食父母了吧,怎么连声招呼都不打就走了呢?忤逆,竟然只要孩子不要爹妈了!引得老公和女儿都笑了起来。

一家子都抱着希望,希望这强盗猫会带着它的孩子突然出现在我家阁楼上,如同它初来时一般。直到几个月后,我们才终于接受了强盗猫永不再来的事实,把它的窝(大纸盒子)给扔了。

黑虎

打发走上学的女儿,刚坐到电脑旁。一会儿,听到踢踢踏踏的脚步声,是女儿,带着兴奋的喘息声:“妈妈,妈妈,快开门!”

女儿是不是又把什么落家里啦?这丫头!老丢三落四的!忙开门。只见女儿站在门口,兴奋的眼睛闪着光,手里突兀地捧着一纸盒,里面蠕动着一黑黑的小东西,我吓了一跳,什么东西?

“我刚下楼,遇到小娜和她妈妈,捧着小狗,说正准备送给我的,正好遇到我了。”噢,是小狗,女儿一直念叨到现在的小狗。

前些时,女儿告诉我,“小娜说要给我一只小狗呢。”兴奋极了。后来就天天念叨了,“为什么还不送我呢,为什么还不送我呢?”女儿爱小动物,整天缠着我买小鸟、小乌龟、小金鱼什么的。为这个,家里添了不少器皿。可惜,这些动物都养不长,尤其金鱼。经常的,鱼缸旁站着伤心得抹眼泪的女儿,也让我这个母亲因了她的悲伤而心里难过。所以我不大允许养这些小动物。

女儿总是喜欢小动物,整天喜欢抱着她的玩具猫、玩具狗、米老鼠啊、唐老鸭呀、猴子呀什么的,喂它们吃呀喝呀,就是夏天睡觉都搂着,都快十岁的人了,还一如幼儿园的孩子。我烦恼极了,虽然我小时候也一样。在一次学校专门请来的教育专家的心理咨询会上,我提出了我的疑问:“为什么我女儿只喜欢小动物,不喜欢动脑的智力游戏和拆卸类的益智玩具呢?”那专家毕竟是专家,回答说:“首先必须申明一点,你女儿将来做不了工程师了。”台下的父母亲都笑了。“你女儿爱心大大的,将来也许是另一个南丁格尔。”南丁格尔我知道,她是近代护理学的创始人和现代护士教育的奠基者,护理界的名人。想想也对,想改变女儿爱好的雄心壮志土崩瓦解了。顺其自然吧!

女儿上学去了,小狗在客厅里爬来爬去,颤颤的,站都站不稳,不知是刚到一个陌生环境被吓了,还是太小了,根本就没学会走路。

这小狗,我把它放在阁楼上了,连同它的纸盒子,准备了一个不锈钢小碗,倒了一点水给它,天太热了。我没养过狗,又从小怕狗,小狗也怕,不知道狗会吃什么?

晚上,丈夫下班回来了,女儿也放学了,他们两人讨论起狗的食物来了,丈夫从小喜欢狗,也养过好几条狗,安抚我说:“狗好养,什么都吃。”便逗它玩给它吃，我由着他们，下楼看电视，乐得清闲。

一会儿，女儿噔噔噔下楼了，说："妈妈，我和爸爸想好了，叫它'黑虎'，你可以叫它'小黑黑'或'小虎虎'。"还"小黑黑"、"小虎虎"呢？臭小狗狗还差不多，我没好气地想。

我坚持这样叫着——"臭小狗狗"。当然，是女儿丈夫不在的时候。臭小狗狗一天天长大了，养胖了，实在不好看，近视眼的我看它，老是把它眼睛上的两撮白毛看成了它的眼睛，有这么长的吗？眼睛上的白毛长得像眼睛？真正的眼睛倒小小的呆呆的，一点神气都没有！刚来的时候，我还以为是一瞎子呢？

下班了，刚开门，就听见小狗吱吱的声音，这臭小狗狗一定寂寞疯了！待在阁楼没玩伴，又不会下楼梯，听到人声就直叫唤，见到人就黏着人的脚，好几次差点被人踩了。

"臭小狗狗。"我唤着它，上楼去，楼梯上就看到这臭小狗狗冲到台阶前，看着我，兴奋得直叫唤，发着和老鼠一样的声音。又养胖了，肉滚滚的，肚皮都拖地上了，倒真是肯吃肯长呢！

镜子前的哭泣

和女儿两人在家，吃完了饭，各忙各的各玩各的，我躺沙发上看池莉的小说，女儿看着电视玩着卡通玩具。她咯咯咯地笑，卡通玩具吱吱吱地叫，鸡飞狗跳的，很是会闹。女儿的性格像个男孩子，很是活泼，这种情况纯属正常，对此噪音早已有免疫力的我不以为怪，照旧捧着小说看得入神。

一会儿工夫，家里突然一下子静了下来，什么声音也没有了。这静寂很可怕，不啻灾难的前兆，我忙从书上移开了视线，四下里找起我的宝贝女儿来。只见女儿久久地站在我前面的镜子前，身子一动不动，两只肩膀一抽一抽着。太异常了！我忙装作去卫生间很随意路过的样子边走边扭过头看她。

镜子前的女儿蹙着两条眉毛，泪珠挂在长长的眼睫毛上，又从脸颊上一串一串地滑落下来，嘴一撇一撇的，哀哀的抽泣着，很委屈很让人怜惜的样子。我吓了一跳，怎么啦？谁欺负她啦？没有其他人啊。莫不是她的什么宝贝玩具坏啦？忙蹲下来握住她的手，尽量柔下语气问她："怎么啦？"

女儿身子晃了晃，猛醒似的看着我，突然就"咯咯咯"脆脆地笑了起来，绽开了笑靥，笑窝也一闪一闪地荡开。究竟怎么回事？我看呆了，一哭一笑，搞什么嘛！

"乖，你在干什么？为什么哭啊？快告诉妈妈。"

"我哭着玩的。"

天！她哭着玩的！哭还有哭着玩的？

想起小时候的我来。好像我也和我女儿现在差不多大，上小学三年级吧？那次下课前数学老师点了我的名，让我去他的办公室一次，同学们都同情地看着我，我心想，糟了，一定是前天的考试考砸了，便耷拉着脸，小瘪三一样灰溜溜地跟在老师的屁股后面去了办公室，一路上对自己平日的不求上进悔恨无比。及至到了办公室，老师坐下，我低着头站在办公桌前等着挨训，当老师才说了"这次考试"四个字，我的眼泪就掉下来了。老师惊讶地看着我，好一会儿不说话，我想，一定是看到我的悔意看到我的可造之处原谅我了，我为我的想象感动了，老师，多好的老师啊！我却辜负了他的期望！想到这儿，我的悔意更深，眼泪更是流得没完没了。老师说了，这次考得马马虎虎，八十九分。啊，我心里一愣，我考了八十九分！这么高的分数还把我拎到办公室干什么？抬起头来疑惑地看着老师，眼神都有点呆滞了。

老师一摆手，去吧，下次记得要努力点。

一路上，想起平白无故受的这次惊吓，我不觉委屈起来。一贯调皮学习不自觉的我对自己从来要求不高，六十分万岁。八十九分，高分了！老师这纯粹是没事找事嘛！我又抹起眼泪来了。

到了教室，同桌的小英看到我眼泪鼻涕一脸的，很关心地问我："考得怎么样啊？老师有没有骂你啊？"我想了想，却不知道怎么回答她，我说考得好吧，那老师找我干什么？我又哭什么？我说考得差吧，小英考得比我差太多了。没法回话，只有哭还是哭。小英急了，凶凶地问我，你究竟考了多少！我只好嘴里呜噜呜噜低低地说了声八十九分，这下子完了，刚才还关心急切得很的小英扭过头就不理我了。我一下子就觉得这哭的没趣。不哭了。

看到女儿兀自挂在脸上的眼泪，想想自个儿爱哭的小时候，现在的我泪泉好像都枯了似的，想哭也哭不出来了呢，不由释然。呵呵，小孩子的脸，六月的天，说变就变，说哭就哭呢。随她去吧，这个年龄嘛。只要她长大了，长到和现在的超女超男们一样大了，不要像他们一样在台上鹦鹉学舌地讲着千篇一律的感谢辞，为哭而哭，为笑而笑，哭哭笑笑整个一作秀，那才是一个很恶心很让人瘪怪的事呢。

梦中的背诵

女儿的老师时不时地会布置一些需要家长协助才能完成的家庭作业。

周五晚上，女儿放学回了家，我和往常一样，打开女儿的书包，翻开女儿的作业本,查看老师布置的家庭作业里有没有需要我们家长从旁协助的内容。

这一看还真看到了——背诵课文。再翻开课文一看,需要背诵的课文达三页纸之多,背诵量可以算是女儿入学以来最大的一次。不过,至于女儿能不能完满完成这份作业,我倒也不愁,因为双休日有的是时间。

心里立时有了计划,周六,让女儿朗读课文,周日早上,让女儿自行背诵。周日下午,我和她爸检查背诵情况。

周日下午,忙好了一切,我在躺椅上坐了下来,问女儿:"会背了吗?"

女儿信心十足地回答:"会了。"

于是,接过女儿手中的书本,开始听她背课文。

女儿背了半页纸就开始磕磕巴巴起来,背到大半页纸时已完全记不起内容来。

把书本交给女儿让她再朗读到会背为止。

女儿读了一会儿把书送到我手中。

我又问:"会背了吗?"

女儿又信心十足地回答:"会了。"

于是,又背。

女儿还是背了半页纸就开始磕磕巴巴起来,背到大半页纸时已完全记不起内容来。

又把书本交给女儿让她再朗读到认为自己会背为止。

女儿读了一会儿又把书送到了我手中。

我又问:"会背了吗?"

女儿又信心十足地回答:"会了。"

于是,又背。

女儿还是背了半页纸就开始磕磕巴巴起来,背到大半页纸时已完全记不起内容来。

我和她爸终于彻底崩溃了,她爸脾气躁,朝着女儿的屁股便狠狠地甩过去两巴掌。

这是我们第一次对女儿下辣手，女儿吓坏了，双手捂着屁股，看着盛怒的我们，眼泪在眼眶里打转转，却始终不敢哭出声。

又把书本交给女儿，让她再读一遍。

女儿抽抽噎噎地读去了。

读了两遍后，女儿停了下来。

见女儿停了下来，我问："会背了没有？"

女儿怯怯地回答："会了。"

我和她爸板着一张脸问："这次真会了吗？"

女儿又怯怯地回答："真会了。"

于是，又背。虽背，心里却没抱太大希望。

没想到，这次，女儿还真的一字不落的背了下来。

三页纸啊！

我和她爸对视了一下，心思想到一处去了：看来，这孩子是欠扁啊！

晚上，正睡得熟，突然被琅琅的读书声惊醒，循声看去，只见女儿双目紧闭，一动不动，嘴巴却仍在一张一合。竖耳倾听女儿所背内容，正是下午那篇课文！女儿这是在梦中背书哪！

女儿的背诵正确流利、字正腔圆、口齿清楚、抑扬顿挫，我的心里却很不是滋味，久久不能入睡。

第二天，和老公说起这事，老公也默然良久。两人反思之下，认为女儿这是压力过大，精神紧张所致。

女儿背书效率差，究其根源，乃注意力不集中。孩子在孩童时期都是贪玩的，做什么事情注意力都不集中那是正常的，这样很影响学习效率，解决的方法是培养和保持孩子的注意力。但是，想到这儿，又一个问题来了，女儿并不是做什么事情注意力都不集中的，她有时做事专注得对周身的一切都充耳不闻的。到底是为什么呢？思之再三，我想到了兴趣上，一下子醍醐灌顶，想到了解决问题的关键——提高兴趣。

俗话说得好，兴趣是最好的老师，女儿之所以注意力不集中，多半是所做之事并不能引起她的兴趣所致，此时我们应该帮助女儿找到学习的兴趣，让她自发地想要去学，这样才是解决问题的根本方法。

找到了解决问题地方法，我们立即付诸行动。果然，女儿背诵课文的效率大大提高，梦中背诵的现象再也没有发生过。

母女争宠记

因为子夜一点多才睡，早上睁开眼房间里已经很亮，睡意蒙眬地摸索睡前放在枕边的手机，想看看时间，却摸到了一个异样东西，心里咯噔一下，大脑完全清醒过来，再打量刚才碰到的盒子，心形状，紫红色，里面装的——竟是德芙巧克力！

大脑又迷糊起来，不明状况。依稀想起，老公早上上班前在我床边喊我的名字，好像说了什么的，说的什么呢？一点也想不起来了。我推推身旁和我一起背床的丫头，问她，我这儿怎么有巧克力的？

丫头眼都不睁，懒洋洋地答："爸爸送的。"然后翻了个身，背对着我继续睡去。"你爸爸说了什么？你爸爸早上好像说了什么话的，我太瞌睡了，没听清楚。""爸爸祝你情人节快乐。"

原来如此。这才想起今天是情人节。

没想到，在丫头的带动和影响下，老公真是越来越浪漫了呢。

我和老公都来自乡下，对节日反应都很迟钝。中国的传统节日还重视点，但也就一家人或在家或去外面美餐一顿，绝无我和他之间互相送礼一说。其他节日如何过节、是否过节都与我们无关，日子原先怎么过依然怎么过，更别说情人节这西方传来节日了。

城里出生长大的丫头却不同，对过节热衷得很。因为过节会收到很多礼物，她巴不得天天过节。对于我节日里不能像她一样收到很多礼物，丫头总是很同情我，手头慢慢攒了零花钱后，开始对我这个“可怜人”爱心大施舍。前年是我生平第一次过情人节，礼物就是丫头送的。那天老公上班，丫头瞒着他替他送了个挂件给我，谎称他送我的情人节礼物，为防谎言被拆穿，送后立即告诉了他。老公倒也很有悟性，一点就透，一学就会，去年情人节正好是大年初一，他起床后的祝福除了一贯的“新年快乐”，还添上了“情人节快乐”一句，让我大大的意外了一下，没想到今年竟顺应潮流主动买起巧克力来了。还不只是节日，平日里待我也浪漫温柔了许多，这本是丫头所希望的，谁知，真这样了，丫头又吃起我的醋来。

巧克力丫头最喜欢了，给她吃吧。我打定主意，欢喜地向丫头献宝：“这巧克力留给你吃。”

丫头想都不想一口拒绝了我：“不用，我已有了，爸爸昨天送了一盒给我了。”正奇怪丫头这次为啥没像往常一样把醋坛子打翻，原来老公早就送了一盒封她的口了。我故意不服：“情人节是爸爸妈妈的节日，又不是你的，爸爸为啥送巧克力给你？”

丫头撇嘴，“你太OUT了”的意思明明白白写在脸上：“没听说过女儿是爸爸前世的情人吗？”然后很大人地叹了口气，我们两个应该是情敌的，为什么还能这么和睦地躺在一个被窝里呢，还不是因为我未成年吗？敢情，一直以来，我都和老公的小情人同床共枕呢。

女儿的整蛊大礼包

下班途中接到丫头由家打来的电话，丫头电话里大惊小怪地告诉我：“妈妈，有您一封信，中国作家协会寄来的！”

中国作家协会寄信给我？为什么？虽说我从二〇〇六年开始业余写作，小说、散文、随笔、诗歌、言论发表了不少，可就我的那点出息，省作协对我都懒得抬眼皮。这事谁说我也不信。今天不是愚人节呢，再说我哪有这么虚荣？但不管怎样，丫头总无恶意，随即戳穿那多无趣，且看看她葫芦里到底卖什么药。我很配合地“噢”了一声，告诉丫头我知道了。

回到家，老公和丫头正在客厅看电视，见到我，丫头叫了一声“妈妈”又继续看电视，老公只扫了我一眼，招呼都没打一个。两人挺正常的嘛。心想怕是丫头小孩子心性，忽悠过就算完事。我扔了包，往沙发上一屁股坐下去。

这时，便瞧见桌上竟然真有一封信！哈，丫头这戏演得不错，为了逼真竟然还炮制出了一封信！可惜这信封也太小了，一看就是丫头的杰作。露破绽了吧？我心里暗自得意。

一本正经地拿起看，邮编地址姓名一应俱全，发件人一栏竟真有“中国作家协会”字样。字写得沉稳大气，根本就不是丫头那鬼画符。半信半疑地打开信封，里面竟是一张袖珍版的小奖状，上面写着：黄金梅同学被评为2010年第一届“年度霉女”一等奖，特发此状，以资鼓励。

这奖项太搞笑了，看得我哈哈大笑起来。“黄金梅”三字和“2010”几个阿拉伯数字写得歪歪扭扭，是丫头的笔迹。再拿过信封细看，终于辨出这是老公的字迹，原来父女俩合起来整我哪。

几乎是同时，丫头和老公一起爆笑出声，敢情一直在斜眼偷窥我的反应呢。丫头黏住我问：“妈妈，这是我送你的整蛊大礼包，您快乐吗？”我突然明白了，这是一份母亲节的礼物，只不过把母亲节搞得跟愚人节似的，甚至还拉上平时最一本正经的她爸帮忙，原来只为送我快乐！有这样一个开心果在身边，我能不快乐吗？我笑容满面大声回道：“快乐！”

丫头把我拽拉一边，正不知何意，忽见丫头手中又多了一张小奖状。丫头和我套着耳朵说话，妈妈，等父亲节的时候，您帮我写一下爸爸的总公司地址。抬眼一瞅那奖状，奖项一栏赫然写着：衰哥标兵！

看客厅里老公还兀自沉浸在整蛊的乐趣里，浑然不知自己已成丫头的下一个整蛊对象，我整个人都笑软了！

大声说“爱”

吃完晚饭正看电视，女儿从她的小房间出来，把一个小东西双手捧到我面前，说：“妈妈，我有一个礼物给您。”又补充一句：“这是我送您的母亲节礼物。”

今天是母亲节。

对节日，我和老公反应一向迟钝。中国的传统节日还重视点，但也就一家人或在家或去外面美餐一顿,绝无送礼一说。其他节日如何过节、是否过节都与我们无关,日子原先怎么过依然怎么过。所以,虽然知道今天是母亲节,心里却浑不在意,对收礼物更是毫不指望。

拿起女儿的小礼物仔细端详,原来是圣女果。圣女果又叫樱桃番茄、葡萄番茄、小西红柿、珍珠番茄,在国外还有“小金果”、“爱情果”之称。它可是个好东西,既是蔬菜又是水果,不仅色泽艳丽、形态优美,而且味道适口、营养丰富,除了含有番茄的所有营养成分之外,其维生素含量比普通番茄高。被联合国粮农组织列为优先推广的“四大水果”之一。现在,女儿把它当了脑袋,用黑笔在上面画了一些线条,勾勒出了一个娃娃的笑模样。娃娃咧开的嘴巴里写着一行英文字——I love you!

端详的档儿,女儿在我耳边大声嚷道:“妈妈,I love you!”

娃娃虽然画得丑点,英文虽然也写得丑点,但最难得的是女儿的这份心意。不由得爱怜地拥住女儿。

女儿轻轻从我怀中挣脱,把圣女果又讨了去,在手中转了个角度示意我看,暗示我,这像不像爱心?我一看,圣女果的顶部凹陷进去,整体一看还真是一颗爱心的形状。女儿得意扬扬地说:“这可是我在超市挑了好久才找到的!就是想告诉您,我爱您——妈妈!”

圣女果女儿总是叫它小番茄,并不知道它有圣女果、小金果、爱情果等那么好听的名字,对它的价值更是一无所知,之所以选中它做送给我的母亲节礼物,怕只是喜它的鲜艳和小巧,当然更看中的是它的爱心形状。虽是无意之举,却送得正合了我一个母亲的心思。女儿不就是我心头的圣女果爱之果吗。

打量着圣女果,我突然想到了乡下的母亲,一时情动,拿起电话打给母亲,对母亲说:“妈妈,母亲节快乐!”想学女儿说一句“妈妈我爱您”,话到嘴边又没好意思说出口。

电话那头,母亲呵呵地笑。母亲根本不知道世上还有一个母亲节,但她还是很开心。让我不禁想到,如果我和女儿一样对母亲说一声“妈妈我爱您”母亲会怎样呢？我心思活动了，正准备开口，哪知电话那头，母亲和往常一样，为节约我的话费，已急急地搁了电话。

天下母亲的心思都是一样的。由己推人，我想，母亲节这天，母亲最想得到的礼物，应该和我一样，是子女对她发自内心的爱吧。心里暗暗告诉自己，明年母亲节，一定要大声对母亲说一声："妈妈，我爱您！"

三个人的"情人节"

一早，女儿问我："爸爸给你礼物了吗？"我反问："为什么送礼物？"女儿惊诧："今天是'情人节'哎，你不知道？"

我尴尬地顿了顿，说："爸爸妈妈是不过'情人节'的。"

女儿低头思考片刻，抬起头，很有把握地、郑重地对我说："放心，爸爸会送你礼物的。"

因为我节日里不能像她一样收到很多礼物，女儿总是很同情我。这真是一件令人啼笑皆非的事。

小孩子巴不得天天过节，因为过节会收到很多礼物。而我和老公对节日的反应却很平淡，即使是春节这样的传统节日，我们一家人也就或在家或去外面美餐一顿，绝对没有我和老公之间互送礼物这一说。何况"情人节"又是一个洋节日，我们从不凑热闹。

但女儿似乎决意要让我们过"情人节"。于是我装作刚刚想起来的样子："噢，礼物呀，你爸爸已经买了，是一台洗衣机，你看到的，要两三千元呢。"

这事倒是真的。老公昨天刚买回了一台洗衣机，付完款回来他开玩笑说："这是送你的礼物，很贵的。"但说它是"情人节"礼物，那是八竿子也够不着的。对所谓的"情人节"，老公一向都嗤之以鼻，在他看来，"情人节"就意味着两个字——矫情。

女儿不接我的话茬，嘴里兀自重复着一句话："放心，爸爸会送你礼物的。"

中午我在厨房里做着饭，就听见女儿噔噔噔上楼的脚步声。推开门，出现在我面前的女儿手拎着一根细细长长的东西，一脸的欢喜，只见她很神秘地对我说："妈妈，这是爸爸请我代他送你的'情人节'礼物。"我全明白了，怪不得早上临上学前她一个劲儿捣鼓她的储蓄罐呢。

我装作什么都不知道，很开心地道了谢，戴上女儿代她爸爸送我的"情人节"礼物后，我接着去厨房盛饭上菜。家里的电话铃声突然响了，估计是老公从公司打来的，我准备去接，女儿半路拦截了我，语气很急切："妈妈，我接我接！"我听到女儿先压着嗓子一通嘀咕，再陡然提高嗓门快活地说道："爸爸，我先告诉你一个喜讯，你让我转送给妈妈的'情人节'礼物，妈妈已经戴上啦，还说非常喜欢呢。"

下午临上学前，女儿又认真地叮嘱我："妈妈，千万别忘了晚上送个礼物给爸爸啊。"

看着女儿一脸的郑重，我不由得点了点头。这个特别的"情人节"，我收获了意想不到的感动。我想好了，我一定要认真准备给老公的礼物，也把我心里的爱表达出来，过一个属于我们一家三口的"情人节"。

>>>>> PART 2

亲情·家园篇

至此，我方完全领会了父母的心意。父母的杞忧里，实饱含了他们对幸福生活的渴盼，对家庭、对子女的美好祝福啊！为此他们才小心翼翼，把一切可能的破坏因子阻拦在外。

当您老成了我的孩子

您躺在床上怯生生地看着我，像犯了错的孩子等待着家长的呵责。我心里有了数。一边目光尽量柔和地迎向您那惊慌失措与年龄不相称的老眼，一边走到床前翻开被子，褪下您的裤子，果然，濡湿一片——又尿床了。

这就是得了两次中风又得了老年痴呆症的您！

母亲总是很忙，一见您尿床，总像训一个孩子一样责备您“又尿啦，又拉啦”。当然，最后还是会把您收拾干净，把脏尿布、被褥拿去河沟洗了。

“我来。”我说。虽然我只有二十岁，刚离开校门，是个爱臭美的丫头。

我揽下了照顾您的活儿，在上班前下班后。

二十岁的我学会了给人换尿布，学会了给人洗澡，学会了如何逗孩子（智商如孩童的您）开心，学会了挎着满沾尿屎的尿布篮子去河沟洗，像一个小媳妇。

您孩童一样依恋我。

常在天气好的时候，抱您出屋呼吸新鲜空气。我说：“这月季花生虫了。”您会立即应和，“是的，因为下露水了。”我不置可否。但是，看着正仰首等待表扬的您，加之您的回应如此积极，我还是带着满意的表情，朝您点了点头，您便会得意地嘿嘿笑。

常给您洗澡，总希望您身体如我般洁净。调好洗澡水，去抱八九十斤的您，力小的我总是两手抄在您身下，深吸一口气，心里先生出一股蛮力来，再双臂运力将您抱起，稳稳地轻轻地放入盆中。我用毛巾柔柔地擦洗那一根根突出的肋条下满是老年斑的松弛皮肤,我也会很认真地清洗您的私处,虽然在二十岁的我心中,这是一个讳莫如深的地方。可是给您洗澡时,我没想到这些,从来没有。

您总会嘿嘿地笑,带着少女般的羞涩,听凭我的揉搓。

您吃饭,总是在堂屋。盛好饭菜,放上汤匙,我便会在一旁候着。我得时不时地为您拭去下巴上的米粒和溢出的汤汁,还得时时提防您拿汤匙的手会把碗碰翻,一如刚会吃饭的孩子。但我一定不会去捡桌上的米粒送到您嘴里,如当年的您一般。

您解手,我扶着您,待您一脸舒畅的表情,我便拿手纸给您擦屁股。我不知道小时候是谁来给我擦屁股,应该不是整天忙得不着家的父母吧!

天凉了,您枯瘦的手冰凉冰凉,如那冰坨。您为什么不哭呢,如同放学回家,冻得哭着扑向您的儿时的我?我会拉过您的手,把它放进我少女温暖的怀里,不带任何犹豫和羞涩,一如您把我冰冷的小手放进您温暖的怀里一样。

因为我的一时疏忽,您摔了一跤,摔破了高耸的眉骨,渗出丝丝血来。看着那血,我一阵头晕,心里难过极了,又害怕极了——您会不会死呀?我手足无措,只知嘴里不迭地向您赔礼道歉,“奶奶,对不起对不起。”眼泪刷地一下滚下来了。您咧开嘴笑了,竟安慰我,“不哭,不哭,不疼,真的,一点不疼。”您难道真的痴到连痛觉都没有了吗?我不信。

您临终前,吞咽困难,三天没进一点食物,喉咙里发出呼啦呼啦的响声,痰在喉咙里,可您已无力吐出来了。看着您痛苦得扭曲的面容,我仿佛看到了死神正虎视眈眈地盯着您,把它的魔掌罩在您的头顶,年轻的我第一次从内心深处对死亡感到了恐惧!

后来我常想,二十几岁的我太年轻了,太无知了!即使不知道呼吸器,还是可以用嘴把您喉咙里堵塞的痰吸出来的。可当时的我却不知道!便常想,也许,您还是会多活一些时日的,也许,临走时是会少一些痛苦的。我便常常自责!为我的无知。

父母和村人都认为我很孝顺。我不觉得。我只是觉得做这些的时候自己很幸福，因为，在您老成孩子后，我可以像当年的您一样来哄您骗您疼惜您啊！

二十岁的我就知道，我会是一个孩子的母亲，我也将是一个孩子的祖母，或许我还会是一个孩子的曾祖母。我会爱他们，如同您爱我一般。

常看到或蓬头垢面或衣冠楚楚为一日三餐，为家人幸福奔波的人们，他们一定也很渴望被人疼被人爱的感觉吧？看着他们，我心里总会有一种情感在膨胀，那是——爱。我爱所有为了爱而忙碌的人，无论男女无论老幼。

我知道，这都因为您，是您让我在被爱中学会了如何去爱。

不是因为我很棒

家人一致认为我很棒。

姐姐们认为我手很巧，看着我的手工活，她们个个两眼放光，嘴里啧啧称赞：梅子要是到大城市开店，这手艺生意包好！

哥哥认为我很聪明，他告诉小我两岁多的嫂嫂上学时我是他的偶像，说学校广播里常表扬我，人人都知道我。

父母认为我很能干，他们常常这么激励我妹：你看你姐，细会一手女红，粗拿得钉耙犁，还会给女儿做漂亮秋千；你看你姐，摩托都不要人教，自己琢磨就能学会；你看你姐，电脑没学过，现在一样玩得挺溜；你看你姐，写文章才三四年，都发表到省刊去了……

是事实吗？是，但这并不代表我真的很棒。

一直以来，我都觉得我的兄弟姐妹们中，就数自己最衰了。

四个姐姐不只是金花四朵，还个个能干，在各自的行业里都是佼佼者，还齐齐向北京挺进，如今个个事业都做得风生水起。偏偏这四个姐姐还相夫教子两不误，孩子个个有出息，一个个考进了名牌大学。哥哥大学毕业后留在了所在城市，从赤手空拳打天下愣是奋斗到了一家大公司的财务总监，现在有房有车有多多的“马尼”，已跻身于“中上阶层”了。更有上小学的侄儿，所学甚杂，但学什么精什么，学书法书法得奖，学围棋围棋得奖……所得奖状一大堆，去年又顺利捧回了区三好学生奖状。妹妹是幼师，长相俏丽、能歌善舞，一张嘴巧八哥似的，人见人爱。而我呢，和兄弟姐妹们一比，我是要长相没长相，要口才没口才，要文凭没文凭，要能力没能力……是要啥没啥，真是想想都让人气馁。最丢人的是，至今还在生产一线上三班。女儿嘛，虽还小，但小进则满的学习态度，让我实在看不出成为姨侄子第二的迹象。

我知道，不是因为我很棒，而是因为他们爱我。

都说父母的心是偏的，其实何止于父母，凡是家人心都是偏的，所以，他们的眼睛都是带筛选功能的，筛除缺陷的一面，放大优秀的一面，谁都躲不过它这种主观筛选。全是优点的我怎么可能不棒呢？当然很棒！

有种心绪到秋天才明白

控制室里不知何时住进了一只老鼠，长得肥肥胖胖，皮毛干净很有光泽，且进进出出毫不惧人，一副悠闲自在的样子。我意外发现，自己竟然很喜欢这只老鼠。

看着老鼠，不由想到，现在已是秋天，老家的田野这时候，用老人们的话来讲，是“越来越漂亮”的时候。

儿时的记忆如沙漏一般向下流逝着。我仿佛听到了秋风掠过树梢的声响，看到一些往事在阳光下晾晒，一种久违的感觉慢慢向我席卷过来。

秋收季节，老家的田野已经是临盆孕妇般肥硕到极致，“漂亮”得令农人们不舍错眼。几天人仰马翻的忙碌之后，她又恢复了昔日的平坦形貌。虽然枯萎漫过叶子的边缘，叶子如产妇的头发一样慢慢脱落，落在地上、阴沟里，她都无暇顾及，只是带着温和的笑意，平静而安宁地，向孩子们伸出了手，张开了那很温暖很舒服的怀抱。

这景致，在很长时间里，都是一个女孩子心中无可替代的最美风景。让小孩子的她内心无比依恋。而那装满谷子、黄豆和花生的鼠洞，则成为她快乐的源泉。尤其是对找那个“麻房子，红帐子，里面躲着一个白胖子”的可爱东东，她简直是乐此不疲。

花生收过之后，她便会拿把小锹挎个小笸篮，跟在奶奶后面去地里倒花生，所谓倒花生，也就是把已经收过的花生地，用小锹再翻一遍，努力做到颗粒归仓。尽管大人们收花生都很细心，但她和奶奶总是能倒出不少花生，如果再能挖到几个鼠洞，更有意外惊喜。那一嘟噜一嘟噜从鼠洞里滚出来的沾着泥巴的花生，把她的小嘴巴都快乐歪啦！尝到甜头的她便再也不肯循序渐进，而是专找鼠洞，竟然收获不小，比奶奶倒的还多很多。每每挎着胜利的果实回家，在大人的夸奖下，同龄人的羡慕中，她小小的心，得到了大大的满足，既自豪又甜蜜。但这还不是主要的，最让她想想就快活的是，老鼠从田里把粮食往洞里搬，自己把花生从老鼠洞里往家里粮仓里搬。她觉得没有比捣蛋更让人快活的事了。

这个女孩子就是我。但我只喜欢那蕴藏丰富的鼠洞，并不喜欢老鼠。喜欢老鼠这件事想想都觉不可思议。要知道，记忆中最艰难的岁月，是婚后住在出租房里的那段日子，最让我委屈的不是住处局促得可怕，而是无处不在的老鼠。那些老鼠，不管胖瘦，都皮毛肮脏，尾如僵蛇，目光透着贪婪和饥饿，嘴特尖牙特利，寡廉鲜耻地指向鲜明，内心的攫取欲望昭然若揭，让人不由得想到瘟疫想到灾难。这样的生活直到我们有了房子才算终结。现在喜欢上老鼠，是不是很有些变态，有些好了伤疤忘了疼的意味？

究竟喜欢这老鼠什么？一身华丽丽的赘肉？我觉得自己最近的审美观很值得怀疑，一向崇尚骨感对长辈们所秉持的“还是胖点好”的审美理念很不以为然，现在却越来越喜欢肥肥胖胖的东西，也能领略唐代女子那面如满月、肌肤丰盈之美了。不解之下看旁人，竟也很喜欢的样子，不由得惊诧莫名了。

疑问盘旋在脑际很久，直至联想到“肥胖”又称“富态”方恍然大悟。人到中年已届人生之秋的我们，生活的压力，工作的压力，健康的压力……来自方方面面的压力一堆，最近这几年接二连三遭遇的全球经济危机，公司被兼并，大裁员等系列事件更让我们成了惊弓之鸟。这只老鼠肥硕的身体，无忧无虑的样子，看一眼就会让人感觉到它的小日子过得很滋润，富足得让人有了某种期待。而拥有温润的日子，一脸安泰静气的神情，可不正是所有烟火小民的梦想吗？

我突然明白了认为“还是胖些好”的长辈们的心绪。

母亲的味道

总感觉母亲的味道与别人家的母亲很不相同，究竟怎样不同？辨析之下，不知怎的，竟想到了黑板上扬扬洒洒飘落的粉笔灰，那令人呼吸倏然一窒进而敬而远之的物质。

母亲是一个幼师，也是一个好幼师，认识母亲的人，无不认为母亲优秀。

好老师对学生来说是一种幸福，但对她的子女来讲，就可能是一种不幸了。童年的记忆里，母亲的爱心很多，但全给她的学生了。

也做过母亲的学生，可那日子至今想来还苦不堪言：为骇住那些皮猴经常被当鸡杀，要是偶尔犯个错，比如睡过了头，我更是不敢上学，总得祖母亲自领去逼着母亲许诺不打骂我才行。

很长时间里，我都怀疑自己是抱养的。村人哄骗我说我是船上抱来的，我便心存幻想，委屈了总跑到河边，巴巴地盼着亲娘来接我。可是，和母亲越长越像的事实，彻底熄灭了我这希望的小火苗。于是滋生了另一个愿想，逃离母亲逃离这个家。许是太渴望了，告别父母登上婚车的那刻，我竟有一种终偿所愿的快意。

对于这些，母亲并非一无所知。一次，退了休的母亲对我说：梅子，我知道你恨妈妈呢。母亲是笑着的，是那种无奈寂寥的笑。我心虚地否认，哪有？

恨是早就没有了的。成年的我已理解了母亲。做老师尤其是幼师，真是不容易。

岁月似乎对热爱幼师工作的母亲很是偏爱，四五十岁的人依然眼睛清澈神采飞扬。但是，退休像洪灾一举摧毁了母亲，她一下子就老了。

老了的母亲感情变得细腻起来，浑身都散发着母亲的味道。视线从学生身上拔出来的她，终于注意到了身旁的我。她开始变得唠叨，越来越唠叨，也越来越慈爱。“梅子，你什么时候回家啊？你爸爸想你了，在家生气呢，说你把他给忘了。”母亲开始打电话嗔怪我。慢慢地，这样的电话开始频繁。还是那样，总说爸爸想我了，从来不说自己想我。母亲总是很要强地捍卫着自己的权威，不让子女看到她的脆弱。老了的母亲，依然很好强。但这呼唤总让我的心猛地一滞，爱意夹杂着怜惜不期来袭，来得凛冽，很快泛滥开来，直唤得腿脚痒得不行，不由自主地向娘家奔去。

唠叨的都是我儿时的事：梅子，妈妈不好，那时活儿累脾气躁打你最多，其实，妈妈看到你不承认就知道冤枉你了，但你太犟了，黏着我的手逼得我收不了手。母亲脸上写满了后悔，迟疑了半晌又说，后来，我不再打你了，你有没有注意到？母亲这么一说我想起来了，后来真的再没打过我。要强的母亲第一次当众承认了陈年过失，我好想哭．妈妈真老了。

背着母亲我哭了，不为当年的委屈。

一些细节从记忆深处逸出：小时我有腹痛的毛病，瘦小的母亲常背了疼得直哼的我匆匆走在去卫生院的路上，腰拉得像满弓。一次去外婆家，傍晚，找不到母亲的我冒雨跑回了家，晚饭时，母亲唤着我的名字闯进了家门，一身的泥水，那失魂落魄的模样吓坏了家里其他人。后来才知道，母亲不见了我，雨中疯了似的找我，在外婆家的四周村子、小河甚至每一个粪坑边哭喊我的名字，最后才沿路找回了家，路上摔倒了两次，气急败坏地责骂后母亲搂着我哭了，搂得那个紧啊。一直到高中，我的头发都由手巧的母亲精心打理，迎来了多少同学羡慕的目光……

母亲还在一天天变老，我知道，终会有那么一天，匆匆的一阵风吹来，她就散了，她就走了。突然希望一切能回到从前，板子重重落下时屁股疼痛难当。那时的妈妈，力气好大。

童言有忌

腊八粥喝过之后，日子过得快了起来。

儿时，这时候父母就会郑重其事地叮嘱我：马上二十三二十四了，不要乱讲话啦。而二十三二十四之后，父母的叮嘱索性升级为警告：从现在起，不许乱讲话!

所谓不许乱讲话,并不是不许讲话,而是要说就说吉利话,且多多益善。

父母如此交代,是有原因的。别看我现在寡言少语的,小时候却是啰唆得很的,不但啰唆得很,还口不择言口无遮拦。平时还好,但逢到重大时节尤其是春节,便让家人伤透了脑筋。

就拿蒸馒头来说吧,蒸馒头,最忌酵不发,而我呢,从外面野够了回来,看到竹匾里摆满白生生剂子的刹那,惊喜之下,"又包圆子啦"的一句便未经大脑思考直接从嘴巴里冒出来了,捂都来不及。虽说没有哪次的馒头因为我这句"圆子"而不发的,但家人都怕了我的这张"臭"嘴。于是,每次做馒头,母亲或当日把我赶得远远的,或提前一两天便交代了又交代,让我不要乱说话,乱说话就恐吓以打嘴巴。

但我屡教屡忘,总也改不了说话不动脑的毛病,尤其是过年更是得意忘形,因为过年可是我从年头就开始期盼的幸福日子啊,有好吃的吃有新衣服穿哪。

对我的频频犯忌,家人无可奈何,一句"阿弥陀佛我的小祖宗"之后,忙不迭地补救,传统的祖父母总是大声说一句"姜太公在此百无禁忌",既是自我安慰,又像是安慰在天上的那些神明,而年轻的父母呢,总是以一句"童言无忌"为我开脱,回护之意明显,让我因为说错话而惶恐不安的一颗心慢慢安定下来。

和同事们谈及此事,他们笑称他们那儿也这样,一个同事还告诉我一个趣事,有户人家,因为孩子说了句不从桌下钻全家都要死的话,结果这户人家从老到小都从桌下钻了一次,后来竟形成了他家奇特的年俗——每年一钻。据说孩子身上有仙气,嘴灵,偏偏孩子常常是想说便说,好孬不受控制,为了防止孩子嘴灵,有些地方过年前甚至有拿尿布擦孩子嘴,把红枣从马桶上滚过让孩子吃的习俗。

谈得热火朝天时,便有同事和我开玩笑说我嘴欠,圆子实心的,你是成心让馒头不发,你妈没拿尿布擦你的嘴算是便宜你了。

我嘿嘿地笑，不置可否。现在的我已知道，父母并不是只因为担心馒头不发，而是杞忧于这背后所隐喻的一些东西。在他们看来，发不发是隐喻了来年一些东西的。

父母的杞忧总是很多，并不仅仅表现在过年过节时。对父母杞忧里那些宿命的东西，我很长一段时间里都不以为然，心底还斥之为迷信，当然也有不解，如果说我的祖父母都是略通文墨的农民，尚有些迷信思想残余，父母都受过较高的教育，眼界识见绝非祖父母更非蒙昧无知农人可比，怎么这点上，和祖父母和一字不识的农民就没一点区别呢？

为人母后，我的看法不知不觉地发生了变化，再不敢纵情率性，乱说一气了，怕冥冥中真有什么莫名力量会因为我的“无心之言”对未来的幸福有所折损更或者突降不幸，累及亲人。并开始有意识地学着父母，过节过年前叮嘱幼小的女儿别乱说话，要说就说吉利话。

至此，我方完全领会了父母的心意。父母的杞忧里，实饱含了他们对幸福生活的渴盼，对家庭、对子女的美好祝福啊！为此他们才小心翼翼，把一切可能的破坏因子阻拦在外。

我是“瘪嘴丫头”

小时候的我很皮，不爱红装爱武装，整天跟着男孩子们爬树掏雀窝，钻涵洞藏猫猫，去河沟里摸鱼捉虾，整天泥人儿似的。听说吃了活虾能游泳，捉到虾后掐去头尾一下子就塞进了自己的小嘴巴。用奶奶的话讲我是跑快了,没等小雀雀长好就从妈妈的肚子里跑出来了。那真是想想都快乐的时光。

直到有一天,村西头的阿伯在家门口看到我,遥遥地便笑眯眯喊了一声:“瘪嘴丫头回家啦!”众人的哄笑声中,我“瘪嘴丫头”的绰号从此村子里叫开来。我的快乐岁月就被阿伯这么笑眯眯的一声“瘪嘴丫头”结束了——因为,这绰号让我混沌开窍第一次注意上了自己的嘴,进而发现了一个大问题。

那时对“瘪”这个词还没概念,但好孬却是明白的,这不是个好词,起码说明我的嘴有问题。那时只知道自己嘴大,欢喜时嘴一咧就咧到了耳根,欢喜狠了一时还拢不回来。做老师的妈妈常评价我们兄妹几个就数我笑起来不斯文。嘴怎样才叫瘪?还真不知道。破天荒地爱上了照镜子,镜子里拿哥哥妹妹比照。这么一比照,发现自己的嘴和他们的还真有很大不同。哥哥妹妹的嘴都像妈妈有点往外凸,而我的则有点往里凹。虽然爸爸的嘴既不往外凸也不往里凹大小恰恰好,但我错误地用做老师的妈妈的嘴唇做了标准,这一凸一凹一比较,自然更显得我离所谓“标准”相差十万八千里。那时小,审美观尚未形成,自谈不上什么自惭形秽,关注点全在另一方面——一娘生的怎的有这大差别?我会不会不是爸妈生的?因为时时拿这事出来琢磨,渐渐地对疯玩失去了兴致。

之前,村人常哄骗孩子说他们是船上抱来的,妈妈也这么哄骗过我,我半信半疑一会儿便抛脑后去了。现在不知怎的心思一下子就拐那上面了,爸爸对我不管不问,妈妈对我训斥有加更兼拳打脚踢,自以为全找到了原因。对应起来结论是:我就是船上抱来的!

于是便有事没事常跑去村后的古马干河盼船来,盼某一天亲娘来接我回家。终于有一天出了事。

那天有船停靠岸边,我偷偷跟上船,谁知,只顾瞅前面了没注意脚下,一下子掉河里了。河水不是很深,可我太小了,很快沉没下去。被救上来都背过气了,吐出几口黄水好一会儿才清醒过来。醒来后,第一眼看到的是抱住我又哭又笑，好像拾回了一个珍稀宝贝的爸爸妈妈，一颗心从未有过的绵软，心想，爸爸妈妈爱我。即使不是他们亲生的，那又有什么打紧？

从此，一颗心完全安定下来，再听到人喊“瘪嘴丫头”时也不再介怀，而是羞赧地一笑以应。这绰号什么时候没人喊的，竟然都记不起了。只是万万没想到的是，兄妹几个长大后，竟数我和妈妈最像，曾有的抱养猜疑，自是不攻自破。现在再想想当年自己的那小心思，都觉得好笑。

那时的暑假

女儿放暑假后，要不要送她上暑期班成了我家的头等大事，思之再三，终于豁出去决定给她一个快乐暑假，送她去农村的爷爷奶奶家。谁知送回去两天不到，女儿便打电话嚷嚷着要回家，说是农村一点意思都没有，还有蚊咬蝇叮。

“爷爷奶奶不也一直过到现在？爸爸妈妈小时候不也过得这种日子？”我有些不快。天气闷热，农村蚊子也许多些，但她爷爷灭蚊工作一向做得很好，哪里会有那么多蚊子，太夸张了！这孩子一定是一时适应不了农村生活为回城找借口哪！本来还想着明早把女儿接回家的，女儿的电话让我改变了主意，我加重了语气：“你在家好好陪爷爷奶奶几天。”

老公早在一旁耐不住性子了，抢过电话训斥一句“别太娇气了！”顿了顿，压住火气，给女儿讲了几件他当年暑假里的乐事，最后，语重心长地对女儿说：“圆圆，不管什么环境，你得学会自己找乐子啊。”

放下电话，老公感慨万端：“我小时候哪像圆圆！”他开始回忆当年的暑假生活，他总结为“任务、美食、娱乐三部曲”。“因为家在农村，放假后我们除了做暑假作业还要帮家里干活，每天下田挑草喂饱鸡鸭鹅羊，八月份玉米要收了，就要跟着大人顶着火辣辣的太阳去田里掰玉米。日子苦是苦，但我们还是能找到很多乐子：那时候家里穷，每顿都是汤汤水水的灌个饱，根本就没油水。放了暑假可以去外婆家，外孙当中外婆对我这个老大最好。每次去她总是摊葱油饼外加两个煎蛋给我吃。吃起来那叫个香啊！外婆家虽好，总不能天天去吧，在家时，我们便会用砖头垒个灶，支上小铝锅，捉青蛙捉蛇钓鱼做野锅儿，剥皮刮鳞洗干净了，从家里偷来油和盐，合水一锅炖，没等锅里咕嘟咕嘟的响，香就飘出来了，馋得个个馋水儿直滴；还有，把粗麻剥了皮，竿子截短了，塞烟杆里可以抽，有一次我吸的狠了，竟把一口烟水吸进嘴里，那滋味到现在都忘不掉，太像泔水了；最有意思的是看青，那时候是大集体，怕人偷晚上安排人看青，看青时，我们就拿个小纱袋比捉萤火虫……反正那时候，就没什么不好玩的。就是挑个草，我们也会抽空躲起来打会儿仗再回家。”

老公的讲述让我也想到自己当年，想起那时犯下的错。那时我天天跟着哥哥看他捉蝉，哥哥捉蝉的本事高，常常是一会儿工夫就捉到几只蝉，祖母便会把蝉烧熟，给我们兄妹分着吃。有天哥哥难得耐性，竟捉了二十多只才歇手，祖母用洗脸盆盖了，说中午油炸了吃。那时油金贵着呢，我们兄妹三个还从没吃过油炸的蝉呢，我激动极了，这一激动坏事了。那天小苹来我家，我虚荣心大起，忍不住引她来看蝉，怕蝉飞了，我用剪刀剪去了蝉的翅膀，又突发奇想，想看它们游泳，便把瓷盆里放满了水，把剪了翅膀的蝉放进了水里。两个人看了会儿就出去玩了。后来也就把这事给忘了。中午回家还惦记着吃油炸的蝉呢，谁知在门口看到哥哥气呼呼地端了洗脸盆从屋里出来，把一洗脸盆的蝉全倒入了屋前的污泥沟。问过祖母才知道，蝉全淹死了，死蝉会生蛆，是不能吃的。吓得我都没敢吱声。没有人问我是不是我干的好事，哥哥竟也没问。这事现在我还常常想起，想到就充满了甜蜜的快乐。不过，心里还是有些遗憾，因为老公所说的捉青蛙捉蛇、粗麻做烟抽和看青，我和我的兄妹们都没经历过。

女儿的事让我和老公都很感慨,我们这代人的乐趣在于自得其乐,很明显,现在的小孩再也找不到我们这代人的乐趣了。

一件碎花衣衫

每每看到父母家衣橱中自己儿时清一色的深色衣服,总是怀疑,自己小时候怕是相当邋遢的。也许正因此吧,那一摞衣物中,一件素色夏衫很抢眼。

那是爸爸买的布料做的衣服,是他第一次给我们买布料。

那一年,我才七八岁年纪。七八岁的我一点也不理解妈妈,不理解有三个子女的职业妇女的辛苦,不知道调皮孩子衣服的首选功效是耐脏和便宜,只知道对自己深红深绿的衣服讨厌透了,但讨厌归讨厌,适应后便也不再计较,妈妈给什么就穿什么,衣着上随便得很。

看到布料的那刻,我欣喜若狂。衣料既轻又薄,底子是纯纯的透透的白,上面碎碎的小花散落,那鲜鲜的蓝,抖动的时候,整幅衣料像蓝天白云在眼前飘起,飘呀飘,都一直飘到人心里了。可谓乍见动目,再见倾心。我觉得自己内心深处的某个东西被它唤醒了。

但是,因为这块衣料,妈妈和爸爸吵了一架,清楚地记得,妈妈当时抢白爸爸了:你会买什么,这么贵!最多八块一米吧。爸爸买了十块一米,家里家外妈妈一手抓,爸爸从来不管我们姐妹的穿衣打扮,他不懂这市价,买贵了的说法我想妈妈很有可能是对的。展了展衣料,妈妈又嫌颜色太素淡,她又责怪爸爸了,怎么想起来给小孩子买这么素的颜色的？穿得出个好来吗？但说归说,吵归吵,布料已经买了,做成衣衫已成不争事实,妈妈请裁缝来家,给我和妹妹一人做了一件衣裳。

这次争吵,吵得很凶,气得爸爸脸都发青了,后来再没给我们姐妹买过衣裳。

这件衣服成了爸爸给我买的第一件也是至今唯一一件衣服,因为这件衣服,我在心里亲近了爸爸,而对妈妈敬而远之,甚至对她对爸爸的态度耿耿于怀很多年,直到自己结婚成家生儿育女知道了当家的难。

家里一直保留着我们兄弟姐妹儿时的衣衫,不知是为了什么,只是回娘家便多了一个乐趣——翻衣橱。再看到这件衣服再回忆那年,有些细节陆续回忆了起来,衣裳做好我和妹妹试穿的时候,妈妈眼中那个光亮呀,那个自豪哟,好像她内心深处的某个东西也和我一样,被它唤醒了。突然想起,妈妈后来再给我们买衣服,已不知不觉改变了风格,一改过去的深暗色调,多姿多彩起来。回忆中,一缕轻烟般的感觉浮上心头,对妈妈的成见不再,只余温情袅袅。

桃酥

虽然家在农村,虽然说起来全家农民,但实际上爷爷退休工人爸爸电工妈妈幼师,务农只能算是兼职,真正的农民只有一个,就是我奶奶,所以手头比一般人家要活络,日子比一般人家要滋润。这使得我们兄妹打小比别的孩子多享了不少口福，平时其他孩子有的水果糖、炒豆、斫糖、酥饼、爆米花、米棍都能吃到外，还时不时地有些特色点心尝尝——爷爷去城里走亲戚回来，都会带几个诸如烧饼、包脆、油渣、蛋糕、核桃什么的回来，轮番换花样。更有远在哈尔滨的伯父四年一次的探亲，大包小包里装满了给我们兄妹的吃食，都是连农村大人们也听都没听说过的面包、饼干甚至酒心巧克力。

俗话说，有了不新鲜，多了不珍惜。我对零食一直没有同龄孩子那么偏好，甚至成人后，对儿时吃过什么零食，都记忆模糊了。直到那么一天，有着麦色皮肤一笑便露出一口洁白牙齿的邻家男孩宏子，和站在院前银杏树下的我，谈起了我过世了半年的爷爷，他说："你爷爷临走前来找我爹聊天，还说到你小时候的事哩，他说我家梅子真讨人疼，每次吃他的桃酥，不像凤儿（我妹妹），平时能说会道得很，鹦哥儿似的，吃时客气话儿都不讲一个，梅子总是忘不了说一句：'爷爷，等我有钱了，就买很多很多的桃酥还您。'"

爷爷从不在旁人面前谈论家人的不是，这是我第一次从旁人口中听到爷爷谈我。一时错愕。回过神那一刻，我别过了头，闭上了眼，任由两行眼泪虫子一样从脸颊慢慢爬过。

这才猛然回忆起，自己零食吃过不少，但吃得最多的却是桃酥！

春节里给长辈拜年要带茶食，那时候茶食都是桃酥京果。因为爷爷奶奶牙不好，伯们叔们拜年带的基本上全是桃酥。每年年一过，我家收到的桃酥能装一纸箱，掐着点吃能让我们吃上几个月。

又回忆起，从小到大，我吃了好多本该爷爷奶奶享用的零食啊！不仅是桃酥。可是我呢？

我买很多很多桃酥还爷爷了吗？没有。长大后的我，虽然已经工作，却早已忘了儿时对爷爷许下的承诺。而爷爷并没有忘记，不但没有忘记，还在村人们面前，乐此不疲地回忆这一幕，以我这个孙女为豪。每每想到这儿，心就会痛，有种想哭的冲动。

从此，儿时吃过的所有零食，我牢牢记住了——桃酥。每年清明爷爷奶奶坟前的祭扫，供奉的点心里必有桃酥。桃酥在零嘴繁多的现在，真的很落伍，也很少地方有售。但我清明节前总会想法寻来，供奉在他们的墓前。

十六岁花季

吹着自在的口哨
开着自编的玩笑
一千次的重复潇洒
把寂寞当作调料
外面的天空好窄小
我的理想比天高
外面的天空好宽阔
我什么都想知道

在这多彩的世界里
编首歌唱给自己
寻个梦感受心情
其实一切都是朦胧
哦拥抱那朝阳
让希望飞扬
拥抱那朝阳

让希望飞扬

哦~~十六岁~~十六岁!

网站上看到怀旧的人们谈及十几年的校园歌曲,一下子就想起《十六岁的花季》这首歌来。

这首歌是十几年前播出盛况空前的青春剧《十六岁花季》的片头曲。该剧播出那年我上高一,正好十六岁。至于此剧为什么会得到全国中学生的追捧,用剧中女主人公白雪的一段独白“你以为这是个故事,那么你错了,你以为这是生活,那么我错了。这是综合成百上千个十六岁孩子的经历编织成一曲歌、一首诗、一个梦……”也许能解释,反正我是一下子就迷上了它,以前所未有的热情一集一集地追看下去。对剧中的学校里几乎人人都会哼两句的片头曲也深深迷恋,是天天挂嘴上,早也哼晚也哼。

恰逢班里筹办联欢晚会,要求每人出一个节目。文娱委员柳思思自作主张替我报了唱歌,等我知道名单已经报上去了。当时心里那个急呀!性格内向的我课堂上发个言都是蚊子声音的,联欢晚会上唱歌那还不要了我的命呀!越想越发怵,一个劲地嗔怪柳思思。柳思思见我急得无头苍蝇的样,忙安慰我道,没事没事,有我呢。

柳思思很热心地邀请我周末去她家排练,说她家有全套音响设备练歌效果好。我一听自然大喜,颠儿颠儿地就跟她家去了。

去了三次后,柳思思突然和我闹起别扭来,怪话频出,后来索性明言让我别去了。至于什么原因她没说,我也没问,总有她的理由不是?再说总去打扰她家也不妥的。后来无意中从别的同学口中知道了缘由,原来柳思思认为她男友喜欢上我了。

每次去她家都有两男生在,其中一个看上去和柳思思很有点古怪,柳思思曾经非常幸福地和我咬耳朵,说是她男友。这都哪跟哪儿呀!我哭笑不得。在她家我只顾练歌,和她那所谓“男友”的交谈寥寥无几,何况那男生一张脸月球表面似的,也不知柳思思是怎么喜欢的。柳思思,一个金庸笔下

《天龙八部》里柔媚到极里娇嗲到极里的阿碧一样的江南美女，把那男生当宝贝已够不可思议的了，竟还为他无端吃醋，实在看不明白。

但“情敌”的帽子都砸过来了，她家自然是去不得了。练歌计划取消了。

联欢晚会如期举办，我自然是开唱了的，而且有始有终了，至于倒没倒调？浑不知晓，只记得唱完整个人都软了。好像是有掌声的，礼节性的那种。首战即败狼狈不堪的我再无公开亮嗓的勇气，后来，再也没参加过此类活动，这第一次成为我迄今为止唯一的一次。

现在，众人的怀旧再次提醒了我的记忆，我从百度里再次翻出这首歌播放，歌声中，一些关于青春的记忆又回来了，再看当年自己曾经走过的岁月，竟带着淡淡的、涩涩的、还有些许甜甜的回味，就连当年联欢会上狼狈不堪的一幕现在看来都是一种美好的回忆了。至于当年练歌招来的是非吗，有那么一瞬，我竟恍然以为自己刚看了一出青春剧，剧名也叫《十六岁花季》。

惨绿花季

路上，遇到十年前的一个高中同学，寒暄几句后，提及当年的高中老师的近况。

严格意义上讲，他并不是我的同学，因为当年他在二班，我在三班。但是，因为我们这两个班常常并在一起上物理课（同一个物理老师），所以我们还是同学。

“你知道易平福老师现在的情况吗？”他问我。

"不知道。"我摇了摇头,我已经十年没回过母校了,自然不知道现在他们的一切了。只知道当年的学校改了初中,也扩大了规模,高中部已整个儿迁移到了市中心去了。

"他已经中风瘫痪了,每天坐着个轮椅,口歪鼻斜的。"

"是吗?他才五十多岁吧?"我有点疑惑。

"是真的,我在江平路上遇到他好几次呢。他妻子推着他。"

"真是活该!"他愤愤地说。

活该?至于吗?这词用得狠了点。老师不管怎么不好,但古话说"一日为师,终身为父",作为一个学生,对传艺授业的老师还是要懂得感恩的。我一向觉得,对一个人心里可以恨可以怨,但在语言上评论一个人,还是要客观厚道一点比较好。这是做人最起码的素质。

这个易老师我也记忆深刻得很。他的口头禅中自创的歇后语较多。一个是鼻涕淌嘴里——顺事。如他说,这条题目这样一步一步地做下去,那么鼻涕淌嘴里——顺事,答案就出来了。一个是他对事物临界状态的描述。他会这样说,"要掉不掉,不掉还等等的要掉",然后,他就会比画着一个球在手里颤巍巍的状态来。还有一句是"脱裤子放屁——多此一举",他批评学生用得最多的就是这句了。还有很多,不过不大说,十年了,我已经记不清了。

刚开始时,同学们还认为这老师很平易近人很幽默,后来才发现他颠来倒去的都是这些。后来我们掌握规律了,常常一条题目讲到某个地方,我们就会想到某句话该出来了,果然,这句话便又从他扬扬得意地咧开的嘴角出来了,他还自以为幽默得很,我们只好嘿嘿笑着回应着,心里却觉得他的比喻有点恶俗。

"不好是不大好,也不至于你……你说他活该就有点过了。"我忍不住把心里的话说出来。

"什么?"他激动起来。"你这人迂得很,这么多年这脾气竟没改变!要知道,我们班上的男同学当年都说你是校花,却没一个人追你。你知道为什么吗？我们私下里说了，你这人追到手做了女朋友一定没劲得很，迂得一塌糊涂。我当初还喜欢过你呢，现在也不怕告诉你。反正，我的孩子都上小学了。”

“你不知道他有多混账！他是我们二班的班主任，我们了解得当然比你们三班多了。就拿当年高考来说吧，离预考没几天了，这时候你说学习多紧张吧？可他呢，当时他正在建房，他在班上宣布，‘我已和校长说好了，今天放学晚自习前所有的男同学都跟我搬砖头去。当然，纯属自愿。’他嘿嘿一笑后又皮笑肉不笑地哼了一声。结果那天，所有的男同学都匆匆忙忙吃过饭就直奔他家搬砖头去了，谁敢不去啊？三十多个人浩浩荡荡地干着活。要知道，在这之前，我们在家还从没干过活呢。”

他那绘声绘色的讲述很是让我有一种时光倒流、身临其境的感觉。确实不大好。我心里这样认为。“唔，这是不好。”我点点头。

“说起易老师家的房子，还有一个插曲呢，是我们班一个学生的搞城建的家长帮了他的大忙。就因为这，这个学生才做了班长的，高考分数起点就比别人平白无故地多出十分了。”

“不会吧？加分的是一些有特长的拿过奖项的，怎么可能一个班长就加十分呢？”我表示怀疑。

“没听说过他得过什么奖有什么特长，但是他一定加了十分。因为易老师在班上当着全班同学的面说了，‘给我好点学，你和其他人不同，你高考起点就比人多十分呢。’难道我还造谣不成？全班同学都听见了呢。”他急得脸都红了。“不过，他最终也没考到。”他悻悻地。

“我们二班那届剃了个光头，一个也没考到，你知道吗？”他问我。

“不知道。”当年的我两耳不闻窗外事。

“还有，他最喜欢拖课，你还记得吧？”他怔忡了半晌又问我。

记得，怎么不记得？我对他最记忆犹新的就是拖课了。基本上总是一节课拖到下节课的任课老师都站到门口了，他才宣布下课。也不知他是为了什么。只知道，我们上厕所每次都急促得很。别的时候我还能忍受，逢到女孩子的每个月的特殊时期时,上他的课简直是噩梦。回忆那高中有他任教的生涯,我总是在下一节课老师还未开始授课时,第一个举手站起来,然后面红耳赤地用蚊子一样的声音说,“老师,我想上厕所。”听到周围男生们坏坏的笑,那窘迫,真想钻到地洞里去,那么多人呀,两个班九十多人呢！那急急直奔厕所的慌乱,到现在还时刻出现在我的脑海里,都形成心理障碍了。

估计我现在到一个陌生地方撇开“吃喝”先解决“拉撒”问题,找厕所的坏毛病,还有我一到每个月的那几天便神经紧张的毛病就是那时候病因种下的恶果。

“你知道他为什么喜欢拖课吗?”我问他,这个问题我一直疑惑不解,愣没想出来是为了什么。说为了让学生们多学点知识吧,他一节课少讲几句“脱裤子放屁”就多出不少时间了。他上课基本上四十五分钟有二十分钟是讲了什么脱裤子放屁等的废话。不明白!

“我也不明白。”他也一脸的迷惑。

“还有那苏主任,你知道吧?那高二物理老师?你想起来了吗?”他问我。

我想起来了。他曾是我高二的物理老师,当时还是校物理组组长。给我最深的印象是记忆力超群,他几乎记得所有学生的名字,并对每一个学生的家庭情况、社会关系了如指掌。

一次,我在校园里碰到了苏老师,我很尊敬地叫了他,便转身准备走开,他喊住了我,问我:“你爸爸是不是电工?”我点了点头,不知何意。“那你问问你爸爸,有没有电线?给我搞点儿。”我当时没回过神,因为在我心目中老师如同天神一样崇高着呢。周末回家和我父亲一说,迂得很的父亲说:“公家的东西不能拿,我们自家也是买的,不行不行!”母亲头脑活,便提议:“要不,去买点送给他?对梅子也好有个照应。”遗传了父亲迂腐的我没答应,我不想让父亲花这不明不白的钱。我打定主意,如他问起便回绝他,如不问就拉倒。回校后,星期一他便来找我了,我就原话转达了,他倒也没说什么便走开了。

苏老师的宿舍就在我们女生宿舍对面。高二到高三这两年里，每到星期六，就会看见我们班的一个男生夹着几本书钻进他家。后来从那男生嘴里知道，他每星期到苏老师家是去补课，这苏老师是他的一个远房的亲戚。不过不是免费的，好几十块钱一小时呢。过年过节另外还要送好烟好酒呢。那时候，老师干副业的少，大多数老师还是很清高的。辅导功课倒是常有的，不过，压根是不谈钱的。现在想起来，苏老师的意识很是超前，让人佩服得很。可惜的是，那男生的成绩不好，最后也没考上任何一所大学。

老师的光辉形象在我和家人的心中从此大打折扣，蒙上了一层永难消去的阴影。虽然我母亲也是老师。虽然母亲从不收学生家长的礼物。反正后来高考填志愿时，我母亲劝我报考师范我死活不肯。我哥哥录取通知书下来的那天，母亲骗他被扬州师范学院录取时，二十岁的哥哥竟然哭了。对老师这一职业的误解，我很大程度上都是受了那时的影响。因为这正是我形成自己人生观社会观时期。

“他呀，现在升了，具体不知是做教导主任还是做校长了。反正升了。”

他应该上调的，要知道，他对学生的家庭社会关系多了如指掌啊，他多会充分利用资源啊。我连连点头，心想，一定是校长吧！

还记得，他最喜欢体罚学生，不过，从不体罚女学生，所以我很庆幸地逃过劫难。那天，他出了一个题目，“一颗炮弹四十五度角以每秒两米的速度射出……”我后面的男生程成便嘟囔：“这是什么炮弹？每秒两米？等它发出去，还不把自己先给炸飞了！”偏巧苏主任的耳朵特好，这句话被他听见了。他伸出手指着程成，直瞪了一双眼：“你站出来，在下面说什么？上来，给我把这道题目给做了。”程成没做出来，他就拎他眼皮了：“题目是题目，实际是实际，下次给我记住了，别挑我题目的刺，我说炮弹以每秒两米的速度就是两米的速度，把你这挑刺的劲头用到这上面就行了。”

他喜欢摘人眼皮拎人耳朵。十七八的小姑娘小伙子谁不要脸面啊。一到他的课，那个静啊，可以用鸦雀无声来形容，掉根针都能听得见。无论多调皮的男生见了他都心里惴惴不安得很。偏偏他下了课总是胖胖的脸上一脸的和蔼的笑，慈眉善目得很，什么是道貌岸然在那个时刻我们的心中透彻无比。

其实，那时候，印象中有几个老师还是相当好的，如我们的英语老师，一个从农村中学调来的老头，说话总是一口的地方方言，怪怪的腔调很好笑，不过，我很喜欢上他的课，当然，他也蛮喜欢我的，我的英语在班上总是第一第二名的。可惜，现在，我的英语知识早已完璧归赵送还给他老人家了。班上还有一化学老师，上课时，声音很奇怪，常常是很高昂地开始，说着说着就低下去了就没个响了。有意思得很。

…………

十年的时光在回忆里恍如昨日。

和高中同学分了手，看着他远去的背影，我摇了摇头。十年了，过去的都已过去，诅咒老师那是一定不对的，把一切失败归之于老师也是不对的。不过，我承认，高中时光，那繁忙的学习生涯，我们十六七的花季，那真是一段惨绿的花季呢。

白馒头黄馒头

正和老公边看电视边等丫头放学回家，妹妹拎着鼓鼓囊囊的一个袋子进了门："爸妈上午托人带了馒头到我学校，我这会儿放学才到家，赶紧给你家送来了。"

我诧异，国庆节父母才做了馒头让我们兄妹三家顺带回城，怎的一个月不到又做啦？况且这些时农村正秋收，父母忙得不得了，前天晚上七点半钟打电话回去都没人接，后来才知道，那时他们还在田里呢。

我们这属南方，饮食以大米为主，馒头这类面食就经常和节日有点关系了，国庆节做馒头尚可理解，现在呢？

我怀疑这馒头是父母送给妹妹家的。父母一直偏爱妹妹，妹妹婚后一直举家住在爸妈那，今年姨侄到城里上小学才举家搬走。我推让："爸妈给你的，你还是带回去吧。"

妹妹咧嘴笑："爸妈给我们一家一袋，我家的刚才我放家里啦。"紧跟着又补充一句："爸妈说，这次的馒头碱大了，馅咸了，如果你们不喜欢吃，不要扔掉，还让我带回去。"

带回去还不是他们自己吃？我们不能吃他们就能吃？再说，父母的心意，哪有退回的道理，再难吃也舍不得扔啊，我边想边打开袋子看，果然，袋里一堆馒头，黄黄的，明显碱多了的样子，不过，和上次比，暄腾多了。边上还有一个小袋子，装的好像也是馒头。

到底有多难吃呢？想象不出。趁闲来无事的档儿，用微波炉一人转了一个。一尝馅果然有点咸。因为妹妹在，平时嘴刁的老公这时很有眼力见，边吃边自我安慰："没事，就着粥吃就不咸了。"

想谢谢父母的，谁知电话拨了三次都没人接，丫头快到家了，只好先做晚饭。晚饭是早计划好的，馒头也就没拿出来，直接放冰箱了。

饭后，我和老公看书，丫头做作业，家里一阵安静。母亲打来了电话，问："梅儿，刚才是不是你打的电话，来电显示是你家的号码呢。"我回："是我打的，想告诉你们收到你们的馒头啦。"并刻意讨欢："一收到就用微波炉一人转了一个吃了呢。"母亲听我这么说嘿嘿地笑了两声，非常过意不去似的向我解释："馅盐多了，碱也放多了。"我笑，和母亲开玩笑："是不是请饭店加工的？"去年父母在饭店加工过年馒头。还没等我开玩笑说找饭店算账，母亲忙不迭地承认是和父亲一起做的，又告诉我上次送我们的馒头也是他们做的。

我一怔，印象中父母事业心很强，家事很少过问，饮食极不考究，只图咸淡适宜，从来都不屑厨事的。馒头以前都是祖母做，祖母去世后我做，我出嫁后家里就再没人做了，每年的年馒头基本上都是大姨做了送家来，今年倒好，自己动手做起馒头来了，且一个月不到做了两次。父母这是怎么啦？若说因为退休后闲得慌，不像啊，就算农忙结束了，也要歇歇呀。再说，还有家办的面粉加工厂让他们从早忙到晚呢。

母亲絮絮叨叨跟我解释馒头碱大盐多的原因："你爸放的盐，没留意把大袋当小袋倒，一下子放多了。碱大是怕和上次一样不发酵，特地多放了些，哪知……" 顿了顿，母亲急急地叮嘱："你们不吃的话，还让你妹带回来给我们。"

母亲的态度，给了我他们亏欠我什么的感觉。突然明白，上次的馒头几乎没发，为什么我和妹妹都一脸欢喜地收下爸妈还是不开心。原来他们是觉得把不好看的馒头送我们是亏欠了我们啊！

我忙安慰母亲："碱多了没事，我从小就喜欢吃碱大的馒头您知道的，盐是有些多了，空口吃有些咸。不过，你嘴刁的女婿刚才都说了，就粥吃就不觉得咸啦。"

母亲明显地松了一口气，语气轻快了许多："给圆圆（我女儿）吃的在小袋子里，是你美英姐（邻居）做的，统共送来八个，圆圆和非凡（姨侄）各四个。"

虽然父亲自始至终都没说话，但我有种直觉，父亲一定竖着耳朵在电话机旁听着呢。父亲从来都是寡言少语的。

父亲既不说话，我就只好当他不在电话前，让母亲代问父亲好，搁了电话。

去厨房打开冰箱，捧出了馒头袋子查看小袋，见里面果然只有四个馒头，白胖，暄腾，还和饭店一样，捏了几道密而均匀的褶纹。在它们的衬托下，父母亲手做的那堆馒头越发显着黄，透着糙。看着这堆馒头，我仿佛看到了父母笨手笨脚在厨房忙碌的场景,父母实在是不精厨事啊。

突然发现父母退休这几年变化很大,关注的重心从工作上转移到了我们这些子女身上,今年竟然亲手为我们做起平时很少吃到的馒头来了。父亲拙于言辞,能动手解决的事决不动嘴,现在也开始打电话给我,淡淡问一句,“什么时候回家来啊?”而要强的母亲呢,唯恐让我看到她的脆弱,总是打着父亲的名头嗔怪我,“你什么时候回家啊?你爸想你了,在家生气呢,说你把他给忘了。”可是我呢,因为多种原因,总是回家的少,今年也就是春节回了两天,国庆假时回了一天。父母以前还有妹妹一家陪着,今年姨侄到城里上小学,妹妹把家也搬到城里,他们辛苦大半辈子忙下的五间三层的大楼房,如今只住着他们两个人,想来,现在更不知该有多孤单寂寞呢。农忙时节还亲手做馒头给我们,究其原因,还不是想念我们了。

想到这儿,我突然明白了,这馒头,承载的是父母浓浓的思念,这多了的盐和碱,分明是行将暮年的父母越来越患得患失的爱心啊!

再看馒头,清冷的灯光下,馒头们安静地堆垒在一起,发出柔柔的,暖暖的金子一样的颜色。久久凝视着它们,那柔那暖,从我的眼里流进了心里,继而流遍了我的全身,最后,催出我心底的眼泪来。

蒸蟹记

假日里,我们兄妹三个齐聚父母家。

哥带着孩子们外面玩去了,我和妹决定笨鸟先飞准备午饭。每次见到我和妹回家,从来都不屑琐碎家务却又不得不为之的母亲都是笑咧了嘴,很惬意地伸一个懒腰,道声“女儿们都回家了,该是我享福的时候了”。那神情,像个孩子似的。面对孩子一样快活的母亲,你不觉得用做饭这样的事去打扰她是一件很不人道的事吗? 所以,但凡回家,洗洗煮煮都是我和妹——两个做菜不求色香味俱全但求咸淡适中的女人。

就在我们洗洗切切终于全部停当正长吁一口气时,母亲一拍脑门说道:“差点忘了大闸蟹了!”转过头来告诉我:“你哥带了两竹篮大闸蟹回来呢。”打量了我和妹一会儿后,她又不容辩驳地指派我:“梅儿,你负责蒸大闸蟹。”

头皮直发炸,我很怕张牙舞爪大螃蟹的。正想以“不会”来推脱,谁知母亲弱弱地一句:“我年纪大了,这些新鲜玩意儿不会弄。”再无话说,低头看这些大螃蟹一个个干干净净的,且被棕绳捆扎得挺紧,心想,把它们直接拎进蒸笼里好像也不是很危险,一颗心这才稍稍安定下来。

找出笼屉,坐好水,我提心吊胆地往蒸笼里放螃蟹。一只,两只,三只,四只……没想到,放第六只时出了点状况,因为对剩余空间估算有误,还没能完全放进去,倒把里面的五只螃蟹压得冒出笼来。

只好一个个的重新安排。心里估算好了,这一笼满打满算,挤挤挨挨勉勉强强应该能放进六只。谁知安排的过程中,不小心弄散了一只螃蟹身上的棕绳,眼前两只钢铁大螯挥舞起来,看得我一颗心巨寒,为防更严重的局面出现,我眼一闭,手一伸,用左手大拇指和食指捏那螃蟹圆身子,可能是手抖的缘故,被大螯一下子夹中食指。疼煞我也! 我发出杀猪般的哀号:“快来人呀,螃蟹咬我!”

院里的妹妹听到我的呼救,急急地冲进了厨房,一见此情此景也无计,急的到处找榔头,嘴里发着狠,说:“打它打它,还咬人呢!”

我快被妹妹气疯了! 以为这大螃蟹是她调皮捣蛋的儿子啊? 一打它还不咬穿我的手指! 笨死了。

要是螃蟹也有痒痒腰就好了。对妹妹我都用的这招。螃蟹有没有呢?

不知道也不敢试。

母亲也来了，她也想不到法子，最后恼了："我们三个人扳，我就不信扳不开！"

合三人之力，我终于挣脱了螃蟹的"魔"爪。这时，哥哥回来了，得知后笑了，告诉我："被螃蟹夹至于这么大动静吗，只要放水里就行了。"哥哥很聪明啊，可是回来的太晚了，说得也太晚了！看着食指两个很深很深的洞，我欲哭无泪。

回乡下

汽车已行驶到城乡交界处，再过十几分钟就到站了，我的心从未有过的充实，因为他说今天他会来接站。这给我一种错觉，好像不是回老家，而是赴一个约会来了。

他已提前一天带着女儿回了老家，这是他第一次接站。

手机响了，他的声音传来："你在哪儿？"很焦急。我突然有了一种冲动，想要要小性子，这种感觉很新鲜很刺激。我娇蛮地回："怎么，让你等一会儿都不耐烦啊？"

"不是的，嘿嘿，我刚才看到一辆汽车开过去了，还以为你忘了下车呢。"平日心急气躁的他竟然没生气，还很配合的样子，不可思议。

"我还在车上呢，你看错了，马上到，耐心点。"我关掉了手机。余光里，四周投来异样的目光，扭头一看，有两个大学生模样的男孩正疑惑地看着我。回忆刚才的对话，自己想想也觉得好笑。他们看到我发嗲的样子，一定以为电话那头是我的情人呢。

汽车停在了一个简陋的理发店门前，到站了，我下车。一辆又笨又重的自行车支在店门前，我认出来了，那是公公的车。就在我打量自行车的时候，他肩膀上搭了件外套，跑堂伙计似的从理发店低矮的屋檐下钻了出来，笑盈盈地看着我，一手去扶车把手，一手拍拍尾座，又拿起外套把后座随意一抹，"干净的，在家里已经擦过了，知道你一定穿的是白牛仔裤。"

他的举动让我想到十年前，他推着一辆吱吱呀呀哪儿都响的破自行车，站在夕阳下笑盈盈地等我下班，活脱脱一个土得掉渣的傻小子模样。现在仍然是又破又旧的自行车，却掩盖不住一个成熟男人的气度。以前的傻小子是我的恋人，面前的成熟男人是我的老公，他们竟是同一个人，这就是岁月，这就是人生，我想。

乡间小路有点坑洼不平，我伸出手轻轻地拉住了他的皮带，车轮继续向前滚动着，吱呀吱呀。

突然，他轻笑，宛如一个少年郎："你为什么不把头靠在我背上？我背上又不脏。"我迟疑了一下，顺从地把头靠了上去，暖暖的纯净的气息透过他的棉质衬衫向我袭来。

没有烟熏、没有酒臭的气息和十年前一样纯净得让我沉醉。我还记得，来自乡间的他很自卑，坐他的车，我从不像别的女孩子一样把头靠着他背，环抱他的腰。他总以为我是嫌他穷小子的粗布衣服脏。其实他不知道，那只是因为我天生害羞，羞于在人前表达自己的感情。那时的我，总喜欢穿一袭白衣白裙。现在，白色依然是我的最爱。虽然，我已不复昔日的娇艳，可我还是固执地认为白色是最适合自己的颜色。

自行车吱呀吱呀地继续向前走着。

啾啾鸣叫的小鸟不时地从我们的头顶飞过。庄稼地里，一垄一垄的青秆稻穗已包浆，在微风的吹拂下泛起了黄色的波浪，要到收获的时节了。大片大片的荞麦正开着花，阳光下，米白的花朵在心形绿叶的映衬下碎银般闪烁,向远方延伸铺展开来。

一根芦苇甩过我的脚,他说:“抓好喽。”我收回目光,噢,过桥了。河两岸芦苇长势很好,芦苇花像公鸡羽毛一样骄傲地闪亮,酒红的光泽在风中摇曳……桥下的水清幽透澈,水底的石子清晰可见,码头上有农妇在濯洗着衣裳。

车猛烈地晃了一下,跳了两跳,我差点掉下车来。他抱怨:“这鬼路,要是能打的直接到家就好了。”

我不说话。我不喜欢城市,从认识他,认识了这个偏僻的小山村起,我就喜欢上了这儿,喜欢这世外桃源般的景色。我只想待在我的村庄里,种好我的一亩三分地,每天吃着自产的新鲜蔬菜,膝下有解语花般的女儿,守着爱我的男人,不用愁他在灯红酒绿中迷眼、功名利禄中沉迷,而自己,也不在尔虞我诈、钩心斗角中受伤,这样的日子多好啊?我希望这儿永远是这样。为什么要通车呢?

可是他不喜欢。看着他,我叹气。他说:“我不想再过穷日子了,我要证明给所有人看,我能行!”是的,他证明了,他行。可是,现在他又说了:“这不够,我还可以更好些,我们的生活还可以更好些。”

我唯有叹息,因为随着他的努力,我已找不到贫困中的相濡以沫、患难中的心心相印。喧嚣浮华里,我再也跟不上他的足迹,心的距离已越来越远,我们之间再也找不到共同的话题。

自行车吱呀吱呀地继续向前走着。

走近村头了,家家户户的墙头上、篱笆上、草垛上爬满了绿色藤条,扁豆花红红白白的粉嘟嘟卖力地开着,饱满而肥厚的豆荚一串串挂满了藤架,亮黄色的西瓜子花正灿烂地绽放,长长短短的西瓜子重重地垂了下来,一切都是那么的生机勃勃。

屋前大路上停着卖豆腐的三轮车,婆婆端着一只青花白瓷的海碗和村里二婶,还有邻家二奶奶站在一旁。二婶先看到我了,打趣他:“哟,把新娘子接回来啦!”“新娘子”,每次回老家,她们总是这样称呼我。笑声一下子在空气中荡漾开来……

我跳下车，腼腆一笑，宛如十年前初次登门的那个娇羞的女孩，一一叫着："二奶奶，二婶，妈妈。"婆婆笑应着，"梅儿，锅里煮了你爱吃的盐水花生，自己去吃啊，小心烫。"婆婆知道我喜欢吃什么。

屋前小路上，女儿正和两个穿红着绿的女孩子围着看抓住的"小脚姑娘"，女儿的交际能力很强，这性格像他，不像我。乡间的天空，女儿如一粒荞麦花，素淡清雅。一只土黄色的猫懒洋洋地趴在女儿的脚边，"嘿，你奶奶养这么难看的猫儿！"我故意大声说话，意图引起女儿的注意。女儿一转头看见我了，欢欣雀跃起来："妈妈、妈妈！"又唤："小黑、小黑，妈妈来啦，快出来迎接妈妈。"门内蹿出一条大黑狗，这就是女儿从同学家抱回来养了一个月的小黑？这狗变得真神气啊，黑色的皮毛闪着亮光，不复往日的颓废。我大惊小怪："还小黑？大黑还差不多！"女儿看着她的小黑咯咯地笑。看着女儿，看着路头的婆婆，再看着周围的一切，不知为什么，我眼里有点湿润。

到家了，他伸出两条长腿踮着地。车停了。他俏皮地说："到家了，我的新娘子。"看着他的后脑勺，我一阵冲动，一下子从背后抱住他，紧紧地抱着他的腰，再一次把头靠在他的背上，声音带着哽咽："堂，我想回家。"

他看着我，眼睛里升起了一层水雾。

许久，他温柔地说："梅，我也想回家，等我们老了，我们就一起回家！"

我的“虚荣”婆婆

在我看来，婆婆是个十分爱慕虚荣的人。

表面上看，婆婆和虚荣距离挺遥远，节俭的优秀品格让她的衣着打扮永远落后于时代，还有那黑红的脸膛，朴实憨厚的笑容，脚板走起路来“吧嗒吧嗒”一路响，干起活来手脚利落，整个一农村妇女的典型。实则呢，不然。

就从她的头发说起吧。婆婆在村里有个不雅的绰号——“白头翁”，因为她是少白头，四十岁不到头发竟全白了。不过自打我进了她家门，还没看见她满头白发的模样，我估计一定是好强的婆婆不愿意让我看到。何必呢？都是一家人了！我常劝她，染发有碍健康。她倒好，频频点头却依然故我。多次劝说无果的情况下，我只好做出让步，力争把危险降至最低，说服节俭成性的她为健康着想变染发为焗油了。后来的日子里，尽管内心对染发和焗油还是排斥，却慢慢理解了婆婆，头发白加黑的婆婆看上去比实际年龄要大十岁，别说满头白发的样子了！而一头黑发的婆婆却比实际年龄看上去要小十岁，这一来一去相差二十多岁呀！这诱惑换谁都抵制不住。

但婆婆的爱慕虚荣岂止是流于表面，那是渗入骨髓了的。

一次公公进城，带了婆婆做的红烧肉，说这次婆婆水平超常发挥，红烧肉烧得非常的好吃，特地让带给我尝尝。红烧肉酥烂汤浓味鲜美，不由我咂舌称赞，电话里毫不吝啬地表扬了婆婆。我用脚指头也想得到，电话那边的婆婆多么的乐不可支——首先，她太容易满足了；再者，平日里的那手艺实在有点太那个了。这次表扬大大地激励了婆婆，激励得她总想再创辉煌，又怕去晚了，到乡里集市上买不到好肉，每到周末，我还赖在被窝里，她便早早地打来电话："梅儿，今天礼拜天，回家吗？"如我没有时间回家，她失望之情溢于言表。如我说回家，她像孩子一样的开心。至于回家后午饭吃些啥，你想得到的，餐桌上必有红烧肉。多么虚荣的老太太呀！只是这种虚荣实在让人感动，更让我恍惚，感觉在家从不得宠的自己出嫁后，突然一步登天，成了婆婆手心里的宝了。

对我的衣着，婆婆也迥然于同龄老太太，思想挺开明，眼光挺新潮。这点让一时尚女同事羡煞，她是衣服稍有点暴露便会招来婆婆冷眼且会到儿子面前挑祸的，而我，买吊带衫婆婆会帮选色儿，依她说，吊带衫就该我家梅儿这般白皙的皮肤这般苗条的身材穿，那才叫好看。这句话听得我，那叫个舒服，都舒服到骨子里了。

这样的事多了，就觉得有这样一个爱慕虚荣婆婆，真是挺幸福的。

"门前有个河，娶个媳妇像个婆"这是公婆的口头禅，很有点孤芳自赏的神气。我挺纳闷的，自己哪儿像婆婆呢？模样？性格？还是……问老公。老公一语点醒梦中人，你呀，爱慕虚荣最像！

喊错名

假期里，女儿回农村老家住了几天，回城后，女儿告诉我发生在婆婆身上的一件趣事——婆婆常常把她喊成"晶晶"。晶晶是我的外甥女。

这次放假，得知我女儿回老家后，晶晶妈妈也把她送了过去，和我女儿一起在老家住了几天。

在我看来这事一点也不有趣，不但不有趣，还引得我醋意一阵上涌。

虽然结婚十年有余，早已不是“新媳妇”，但每次回农村的公婆家，公公婆婆尤其是婆婆依然待我很热情，把我当个宝贝似的疼着，让我备感大家庭的温暖。

一直为有这样的公婆而备感幸福，谁知从去年起，婆婆开始把我的名字喊错，总是把我喊成“红儿”——她女儿的小名。听着婆婆“红儿、红儿”的声声唤，我突然大梦初醒，人说“日久见人心”，果然！原来这十年里，我只是做了她女儿的替身！这么一想后，心里未免有些失落。

不过，倒也不想在这上面和婆婆计较，红儿终是她亲闺女，做母亲的哪个不更疼自己闺女呢，这事情没法计较。虽不计较，几次三番后终是有些心冷，回老家的心思慢慢淡了下来。没想到婆婆偏心的现象不但没有改变，反而变本加厉起来，竟由喊我为“红儿”发展到当着我的面把我的女儿圆圆喊成了“晶晶”，且一天里就喊错了几次！我心里严重不快起来，我不是你闺女，圆圆可是您亲孙女啊！回老家的心思越发的淡了。可以这么说，婆婆的这种“趣”事是经常发生的，女儿只是每次都只顾玩，现在才注意到而已。

我半真半假地和女儿开玩笑：“你奶奶偏心呢。”

女儿摇头：“不是，奶奶不止叫错我，也叫错晶晶的。这次我和晶晶两个人都在她家，你不知道奶奶多有意思呢。我在奶奶身边的时候，奶奶喊我‘晶晶’，晶晶在奶奶身边的时候，奶奶喊她‘圆圆’。还有，晶晶告诉我，有时候她们一家去奶奶家，奶奶常常把她喊成我，把她爸爸喊成我爸爸，把她妈妈喊成妈妈您呢。”

还有这样的事？我一惊，心一下子提到了嗓子眼。难道婆婆年纪大了，脑筋开始糊涂了？不会是老年痴呆的前兆吧？心里盘算着什么时候把婆婆接进城检查一下身体。

女儿继续讲述：“我跑去问奶奶，奶奶，您为什么把我喊成‘晶晶’，把晶晶喊成我？”

孩子终是孩子，心里藏不住话。我忍不住笑了起来，问女儿：“那你奶奶怎么回答的？”

“奶奶突然醒过来一样，有些难为情地嘿嘿笑了起来，老老实实地承认：‘奶奶喊错了。’”婆婆这回答显然不能让女儿满意，果然，女儿打破砂锅问到底：“为什么您总是喊错呢？”

“奶奶正经八百地想了一会儿，终于想出了一句话回我，‘已经在身边的人就不需要再想念了。’”女儿讲完后感慨道，“没想到奶奶也能说出这么有哲理的一句话。”

我一怔，婆婆这番话实在太出人意料了。不过，能说出这样的一番话，已足以证明婆婆没有生病，我提在嗓子眼的一颗心放松了下来。

细细回味婆婆这句话，一股感动和温暖涌上心头，婆婆没有文化，不善表达，凭我多年对她的了解，她想表达的应该还有另外一层意思，那就是：已经在身边的人，只管好好相待就是了。

我不由想起每次回老家，为了弥补平时少回家的歉疚，我都决意在家这几天好好表现一番，但是婆婆每次都不给我这表现机会，说我一年忙到头，过年过节都没个假期，到家了还不好好歇歇！只好顺从她，看着她忙碌，我专职三陪——陪聊陪吃陪玩，整个过程中，婆婆的眼珠全跟着我转，嘴角挂满了笑意，俨然我是全家的中心人物。

想起第一次到公婆家的情景，那天也是整个过程中，婆婆的眼珠全围着我转，婆婆一直看着我憨憨地笑，一个劲儿招呼我吃，恨不得把所有的菜都夹到我碗里，却又担心我嫌弃，筷子在半空中犹豫了又犹豫……

婆婆也常把她女儿错喊成我的事实，让我不由为自己先前的念头感到羞愧。原来，我不在家的时候，婆婆也是这样惦念我的，只是我不知道而已。难怪“婆婆”又称“婆母”，说到底，婆婆也是母亲，婆婆的爱实是又一种母爱啊！

“十个指头有长短”，做母亲的哪个不偏心，但再偏心十指都连着心，出门在外的子女永远是母亲无时无刻地惦念，是不是所有母亲的一颗心都这么被分成几份，放下了这头，随即又拾起了那头，并且已习惯了不提辛苦，也不说要求？这一刻，我仿佛醍醐灌顶，一下子读懂了婆婆的心。

心里暗暗打定主意，一定要找个机会把发生在婆婆身上的这些“趣”事告诉晶晶的爸爸妈妈和天底下的为人子女者，让他们也懂得为人婆为人母的这颗心。

回家过年

眼看没几日就要过年了，虽然年头上就把班次表排了出来，知道今年除夕上中班，但想到今年不能像去年一样和家人一起守岁，心里还是止不住的怅然。

犹记得去年除夕日，正逢我夜班退出休息，早上把家里收拾好，下午乘车回公婆家，和前来接站的堂从站点往家走，才拐到家门前的小路上，就听见小静妈站在后门口扯着嗓子笑得嘎嘎的：“堂儿接新娘子回家过年啦！”又朝正站在家门口对着小路瞭望的婆婆喊：“老张，你新媳妇回家来啦！”

小静妈一喊动静太大了，左邻右舍也被惊动了，呼啦一下全出来了，个个都笑盈盈地招呼：“回来啦。”

老公掉过头调侃我：“还不赶快叫人，我的新娘子？”

新娘子，新妇。每次回老家，村里人总这样称呼我，堂也拿这称呼调侃我。

我笑着一一叫人,内心却很有些惭愧,什么新娘子新妇,结婚都十年了,早就是老娘子老媳妇了,却因为除了春节很少回家,永远是村人眼中的新娘子,公公婆婆眼中的新媳妇。

可以这么说,我是在村里最高礼遇——众人的注目礼下一步步走回家的。走到家门口,公公婆婆立即围上来对我问寒问暖,我受宠若惊,也诚惶诚恐。为了弥补平时少回家的歉疚,我决定在家这两天好好表现一番。但公公婆婆宁让他们孙女拿拿接接也不让我做,说你一年忙到头,过年都没个假期,到家了还不好好歇歇!只好顺从他们,看着他们忙碌晚上的年夜饭,我专职三陪——陪聊陪吃陪玩,整个过程中,所有人的眼珠全跟着我转,嘴角挂满了笑意,俨然我是全家的中心人物。这让我不由得想起第一次到公婆家的情景,那天也是全家围着我一个转,公婆一直看着我憨憨地笑,一个劲儿招呼我吃,恨不得把所有的菜都夹到我碗里,却又担心我嫌弃,筷子在半空中犹豫了又犹豫。

女儿倒也不跟我争宠,不但不争宠,还挺大方,她小手一挥,说她已享受十几天这样的幸福生活了,现在也让你享受一下,反正你马上就要上班,在爷爷奶奶家也没两天,她还有十几天的假,有的是时间享受爷爷的宠奶奶的爱,不在乎这么被忽视一两天。她还像个小主人似的,拉着我到处转,向我介绍爷爷奶奶家的一切。

其实,不只是过年,每次回家都这样,公婆都把我宝贝似的供着,原因我心知肚明得很,陈红那首《常回家看看》怎么唱来着:“找点空闲找点时间/带上笑容带上祝愿/妈妈准备了一些唠叨/爸爸张罗了一桌好饭/生活的烦恼跟妈妈说说/工作的事情向爸爸谈谈/常回家看看回家看看/哪怕给妈妈刷刷筷子洗洗碗/哪怕给爸爸捶捶后背揉揉肩/老人不图儿女为家做多大贡献/一辈子不容易就图个团团圆圆/一辈子总操心只图个平平安安。”我只恨自己的工作性质不允许,对于公婆的厚爱,报答唯有寄望未来了。希望某一天,一切妨碍我们的难题都得到了解决,一家人团团圆圆永不分离。

成为“最美儿媳”

眼看春节就快到了，家家户户都在做迎接过年的准备，不由得想到不要多久就要回老家过年，又从回老家过年，想起去年在老家过年时发生的一些事，忍不住笑了起来。

年夜饭的饭桌上，公婆总少不了一个保留节目——向很少回家的我介绍村子里一年来的变化，谁家娶媳谁家添丁谁家老人了谁家孩子出息了谁家发财了云云。去年也一样。

年夜饭吃到一半时，东邻在大都市打工的堂弟妹来玩了会儿，堂弟妹走后我忍不住感慨，二叔二婶有福呢，找了个好儿媳呢。谁知婆婆撇撇嘴，列出一堆缺点来，什么脸长得扁团似的，腰像个水桶，还眼睛长在额头上，村里看不起这个看不起那个……我打趣她：“你嫌这个嫌那个，就你家儿媳好！”婆婆嘿嘿地笑，大言不惭地说：“本来就是！”我用筷子指指西方，西邻是小叔家，有两个出类拔萃的女儿，身材高挑面容姣好。婆婆点头承认她们是生得好，但很快又说：“和你比起来，她们也只是年轻一点。”汗死我了。这点自知之明都没有，我那点书还不全白读了！偏偏公公还不迭地点头表示赞同。真是服了他们了！

本来，这事也就这么过去了，谁知，大年初一又发生了一事。

初一中午，饭毕丢筷回房，听得外面一阵喧哗，有拜年的小分队临门。念及公婆正用餐，我急迎出门。情急间竟忘了脚下，被高高的门槛绊住，摔了一个大马趴。糗态在众人面前一览无余。挺难堪的，公婆以有我这个媳妇为豪，我却这么不给公婆长脸，大年初一便给他们丢分。

众人一脸的歉意，纷纷替我圆场。餐桌上公公一惊，举筷而起。背对着我的婆婆急转身，一脸的关切，连声追问："怎么样？怎么样？"

我的难堪一下子抛爪哇国去了，一颗心一下子绵软。虽然被硌的地方很疼，但为了缓解公公婆婆的紧张气氛，我故意一脸的感激对着公公："您家的门槛这么高！我到现在才知道，做您家的媳妇进您家的门真不容易呢。"

婆婆容色舒缓许多，言笑盈盈替我解围："梅儿怕我家地基不结实，打夯呢。"

我也笑："打夯我可够不上级别，减肥还差不多。听说狗熊减膘的法子就是先爬到矮树上然后重重地摔下。"

公婆竟把我这玩笑话儿当了真，以为我要减肥，齐声反对，一脸的认真："你身材标准得很呢，减什么肥！"又私下里让堂劝我别减肥，还说我现在这模样这身材全村子没处挑的，已经是村里的最美儿媳啦。

堂把公婆的话转告我的时候，我都乐疯了。公婆这不是王婆卖瓜自卖自夸嘛。我还不至于这点自知之明都没有。嗬，估计是我做儿媳这些年的表现让他们很满意，但扪心自问，其实我也没做什么，也就是闲时哄他们开心，忙时抽空表表关心，关键时刻送上孝心，哪里想到公公婆婆就这么容易的偏了心。对这样的公公婆婆，我能说什么呢，只有感动，只有日后加倍努力，做个名副其实的"最美儿媳"以报啦。

挽起夕阳

眼看离过年没俩月了，周五晚上，我给乡下的公婆打电话，邀他们来城里玩。我在心里盘算着给他们两人一人添置一套新衣服过年，新年新年，没个新哪有过年的气氛呢，一年到头，为人儿女，这点心意还是要尽的。但我的眼力不行，必须他们亲自来试。老公说："我要值班的，没空在家。"我白他一眼："没你事，忙不过来到饭店吃。"

虽然儿子值班不能在家陪他们，公公婆婆还是高高兴兴地来了。可巧，妹妹一家也来了。一大家子人早早吃过饭，就去市区的大小商店的集中地。

商场位于市中心，平时就车多人多，周末更是车挨车人挤人。我很不放心大半年没进城的公公婆婆，想了想，把女儿交给妹妹照管，一手挽过婆婆的手，一手又去拉公公的手。婆婆很乖，很信赖地把手交给了我。公公的脸微微发红，欲挣脱："梅儿，我还没老到这份儿上呢。"我抓紧了他的手："这么多的人，这么多的车，只有握住您的手，我才放心一点儿。"公公不说话了。

毛刺刺的感觉从手心一直传到了我的大脑。他们的手都很粗糙，一定是又皴又裂了。我想，今年乡下冬天一定很冷，风很大，而且他们一定又到地里干了不少活儿。

婆婆已经大半年没进城了，即使被我挽住手，面对街上穿梭不停的车还是很胆怯，不时响起的汽车喇叭声，总会让她脸部肌肉一下子绷紧，身子猛地一跳，一只手紧张地在我手中直抖。她是吓怕了，我心里叹息了一声，用力握了握婆婆的手,感觉婆婆的手慢慢地柔软,身板也不再那么僵硬。

婆婆回过头来看向我,不说话,“嘿嘿”地笑。婆婆其实还年轻,才五十岁,但很少上街,她怕路上的车。这缘于四年前的一次车祸。那次她骑自行车和公公来城里,路上被侧面冲出的自行车撞飞出去,肇事者逃了,婆婆因脊椎骨骨裂住进了医院。

那次车祸我们全家人至今未忘。乡下田里的庄稼和一大堆牲畜需要公公照料,老公又正好出了远差,我请了假,一个人担起了服侍婆婆的任务。婆婆住院的大半个月里,我每天带着女儿在家和医院之间奔波,早上侍候婆婆漱洗完毕上菜市场买菜,回家炒菜煲汤,再赶回医院监督护士给婆婆吊上盐水,吊完后回家拿汤拿饭送到医院,晚上就和女儿住在医院陪婆婆。每一天都很忙碌。现在想想,那时候每天既要担心婆婆的身体,又要考虑如何饮食换花样,真不知当时身子骨很单薄的自己是怎么熬过来的。

老公从外地打来电话向我了解情况,我不想让他分神,再说了,担心也没用,总不能丢下工作回家吧,我笑笑:“放心,你老婆别的不会,伺候人是一流的。”这倒是实话,伺候人的自信我是很足的,瘫痪几年已去世的祖母就是当时还未嫁人的我一人伺候的,从那时我就知道只要不是自己排斥的人,自己就一定不会嫌弃他们。我不排斥婆婆,婆婆在我的心中,就像母亲,我喜欢她。

遵医嘱婆婆需要静卧,吃喝拉撒都必须在床上。在床上大小便,婆婆很难为情,坚决不肯。我真心劝她:“没事儿,我愿意伺候您。”后来,婆婆终于能坦然接受我方方面面的照顾了。

因为那次车祸,婆婆和我的感情有了突飞猛进的提升,在乡人面前,婆婆对我总是赞不绝口,在我和老公起了争执时,她总是偏袒我训斥自己的儿子,让暴躁的我没了脾气。也正因为那次车祸,我第一次意识到公婆已老,反应不快,公婆来城里,为了安全,我都会叮嘱他们乘车来,不要自己骑车。

也难怪婆婆怕,那次受伤,她两年都没能做活。城里一辆自行车尚令她受伤如此,更何况街上那么多汽车摩托了,我都要小心翼翼的。但是,在更弱势的婆婆面前，我无疑就是强者，保护他们不受伤害，作为强者的我责无旁贷。

又一阵刺耳的喇叭声响起，婆婆再一次捏紧了我的手，身体更近地贴向我。我看了看头发花白的她，手上悠着劲，捏了捏她的手回应她，直到她完全安定了下来。

看着身边对我一脸依赖的两位老人，我知道，岁月在我们额头上雕刻下越来越多皱纹的时候，还将把他们送入暮年，如风中残烛，欲坠夕阳。他们还会有更多的无助和无奈。身为儿媳的我，势必还要搀起他们的暮年，不只是现在在街上挽起他们的手。

珍惜花开

女儿的声音由远及近，透着一点点伤心："妈妈，水仙要死了。"

我正忙得要死，懒得抬头。水仙要死了？怎么可能！她把花盆打破了还是把花叶当蒜苗给摘了？！一定又是没话找话来。女儿的话只要我启动大脑内的测谎系统（随她出世便自然生成）快速扫描了一下还不知道吗？这小屁孩整天孤独得个什么似的，有点时间便母鸡孵小鸡儿似的窝沙发里看电视，也不知道去看看书学习学习！说就说吧，偏啰里巴唆的，总也不着谱。我继续忙自己的事，没搭讪。

女儿声音大了些，这次不只透着一点点伤心了，还带着一点点不满了："妈妈，水仙要死了。"她把这话又重复了一遍。

奇怪！我疑惑地抬头看她，她正慢慢地仰起小脸蛋，嘟着的嘴，蹙着的眉，弧度的变化慢镜头似的呈在我眼前。我一时反应不过来，想起刚才，也就是一两分钟之前吧，她还在客厅里兴奋得很，大呼小叫着要我去看她的水仙花呢，说，“妈妈，水仙要开了”呢，怎么一会儿工夫就要死了？便问她：“怎么要死的？”

女儿瞪大眼睛看着我，仿佛我是个白痴，过了一会儿，才喃喃地说：“水仙开花了，不就要死了吗？”

水仙开花了，就要死了。我一愣。是啊，水仙开花了，就要死了，我怎么就没想到呢？当初买它是为了它冬末春初寒冷季节那少见的满枝丫拥挤的热闹，粲然地簇了妍妍的面容，何曾想过繁华过后，落英无数遍地的伤呢。

水仙真的要死了，想到这儿，我也伤感起来。

女儿还在抬着头看我，稚气的脸上，澄清的眼里，有了本不属于她这个年龄的忧伤。一个既粗糙又敏感情绪反复无常的小人儿，多么像我啊！

那年我六七岁吧，比我女儿现在小了一点，性格孤僻得很，不怎么说话也不怎么和哥哥妹妹玩，家里抱养了一只奶猫，我细心地喂养它长大，视它为心肝宝贝，用“捧在手里怕碎了，含在嘴里又怕化了”来形容毫不为过，戏耍、爬树、捉鼠、舔嘴、抹舌……它的每一个动作都让我着迷。突然有那么一天，小猫死了。我为它洒下的成串的泪呀，一锹一锹挖土，抱它进墓时的那个心痛呀，到现在想来依然不想要。就在那时我郑重发下人生第一誓：从此不养猫！六岁的我，应该是敏感的，敏感地意识到，只有爱才是受伤的罪魁祸首，只有不养才会杜绝爱。这个誓言，我想我是做到了，因为从那以后，我真的没在任何猫身上付出过感情，老家是必养猫防鼠的，每次回老家，我都只是懒懒地看它一眼，不再动逗它的心思，甚至，吃饭时都懒得扔块肉喂它。可是，这些年，虽然不再爱猫，我还是爱上了鸡儿狗呀什么的，甚至爱上了人，为了这些，我还是心痛了一次又一次，这心痛的感觉还是想来依然不想要，但这一次又一次的心痛也不能止住我的爱，我就这么在和自己寻着不自在中活到现在，对自己的性格几乎绝望了。

我不希望女儿像我情感总像走在冰火两重天，可现在看来，女儿的性格和我比起来，是有过之而无不及啊！我听到了自己心底的叹息，揽过女儿，抚了抚女儿茸茸的毛发。女儿终究要长成女人，我希望她长成美丽善良、心怀美好、充满灵性的女人，不管她将来是否有高学历。我知道她的幸福一定和她看世界的心境有关，也和她小时候曾经受到父母理性的宠爱有关。鉴于自己很多时候缺少理性，我把教育的任务完全交付给她父亲，实指望科班出身的老公能把女儿性格中所有来自我的遗传扭转。谁知，遗传基因很顽固，女儿还是这样。也许，我该做点什么的。可我该怎么做呢，对我这娇嫩如花容不得任何粗糙的女儿？心潮澎湃之际，一时无语。

斟酌斟酌再斟酌。终于，我心静如水。“既然这样，你要好好珍惜它。”心放至最温柔，我静静地看着女儿，由她黑白分明的眸子直看到她纯净的内心，一字一顿地说。

“嗯。”女儿很认真地点了点头。她听懂了吗？我不知道。

女儿上学去了，家里突然就安静下来了，想起女儿的话，我放下手头的事，来到了客厅，蹲下来第一次认真地打量面前茶几上那一盆水仙。

这水仙花是年前我到花卉市场买的，常买水仙花，图它便宜好养活，只要在盆中放几粒石子，再放些水就行了，当然买它原因不仅如此，更喜它花开时沁人心脾芳香和俏生生凌波仙子模样的。买回后就这么把它放盆里加点水让它自生自灭着，一直无暇细看，现在算算时间养了不到一月，它球茎的切口边沿已结了暗黄色的痂，从球茎抽出了六七片宽厚的叶子，尺把长了，碧绿葱茏，不过，很奇怪的，它们都朝一侧微微地俯着身子，定睛细看，五个翡翠般的小花苞正亭亭玉立，好一幅温馨的母子图。

水仙要开花了。可，水仙开花，就要死了啊！唉。

水仙花开，也许是为自己，为了花开一季的不悔；也许是为了他人，为了把它的精彩和最真的爱，化成记忆让赏花人随身携带；也许，什么都不为，只为命定它开花它只能开花，轰轰烈烈地开一次永远无果的花……究竟为什么，也许谁也不知道。我能做的，也许只是看着它，珍惜它。

电话铃响，是同事打来的，他问："天气预报说明天会雨雪交加，聚会还继续吗？"我们约定明天送别辞职了的同事兼欢迎新同事的，主要是送别辞了职的同事，明天是他们和我们在一起的最后一天了，同事十年，引用他们平时常开的一句玩笑话："陪你老公女儿的时间都没陪我们的时间多。"总以为能顺利工作到退休的，却世事难料，公司大裁员，二百多人呼啦一下就将从我的眼皮底下消失，各奔了东西。这繁华这热闹说散就散了，徒留一地的凄清。我反问他："为什么不？"他迟迟疑疑地说："可能他们都不会来了，本来，这时候大家心情都不好，天气不好，一定更不会来了。"我打断了他的话："别想太多了，依原计划进行。"

我知道辞职了他们来的可能性不大，因为，分手在即，前程未卜，是顾不上什么聚散两依依的缠绵的，聚会是需要心境的，心境是与生存的客观情况息息相关的，公司兼并人心惶惶之际，辞职的在职的都无闲暇伤感，伤感是很小资的情调。我很了解同事们此时的心情，正因为了解，所以才珍惜，所以才坚持聚会，遥想当年，毕业在即工作未落实的我，无心的忽略造成了同窗三年的朋友们十多年音信全无，一直引以为憾。追悔虽已来不及，但从此我知道了珍惜，珍惜现在，珍惜缘分，不想再重蹈覆辙了。现在，不管是好是孬，都是人生的体验。什么叫作缘分呢？一见钟情？相知相惜？平平淡淡？日久生情？其实，说白了，相识即缘啊！

想起泰州文友写的一首诗《春天来了》：岁月 / 我不留恋你 / 你尽管向纵深老去 / 月亮来自东海 / 西去荒漠 / 花儿还将再开 / 今夜月华弥漫 / 我伫立窗前 / 不敢开窗 / 笛子挂在衣架 / 叫人如何不思念 / 大地有太多秘密 / 有如爱过的人 / 做了别人的新娘 / 树枝哑声 / 悄悄等待黎明 / 这长长短短的一生啊 / 有多少美和忧伤 / 散落他乡

现在，我的水仙也哑声，悄悄等待着花开刹那，它的一生啊，该有多少美和忧伤散落空气中无从打捞呢？珍惜，也许，只是尽心吧！

城市上空的野趣

我和老公两个人，正应了钱钟书《围城》里那句话“城里的人想出去，城外的人想进来”。家在农村时，成天想着住到城里享受城里的便利繁华，真正住进城了，城里所谓的风景很快就看腻了看够了。偏偏家在六楼，上下一次楼不容易，更多是一家三口宅在家中，这所谓的风景也不得天天见，更多是去阁楼的平台上仰望连星子都暗淡的苍茫太空，环顾满目皆楼宇，俯瞰楼下窄细绿化带，直看到感觉这时间都似乎停滞了，觉得还是农村有意思，不但房屋层层叠叠起伏有致，风景还依照季节变换个不停，看着心儿就透着敞亮。

惆怅之余，看到顶楼那一块露台，心念一动，何不养些花木为眼睛制造一点风景呢。便辟出一块地方来，运来黑厚的河泥做成了花坛。花钞买花同时也不忘就地取材——收集楼下的晏饭花花种，桃、梨、西瓜吃剩下的核……甚至连垃圾堆上没人要的美人蕉苗，都一股脑儿宝贝似的捡回家。

真是有心栽花花不开，无意插柳柳成荫，花大价买来的花没活几棵，那些没花一分钱的倒个个活得挺好不谈，还陆续开花了，那些大的花儿，鲜黄瓣儿深红斑纹，一朵朵富丽地袒露着，没有敛眉垂首，只有飞扬跋扈，端的是有派，美人的派头。它们是美人蕉，都已半人高了，在一团肥绿中挺拔着身子。把美人蕉众星拱月般簇拥其中的，是那些小而多的花儿，它们桃红的瓣儿黄的蕊儿，一朵朵嘟着嘴儿，撒娇发嗲似的，形状像极了喇叭花儿，那是晏饭花。桃、梨、西瓜虽然一个没出，却出了一株绿油油的花生来，可能是无意中掉落花坛里的，几朵嫩黄的花生花儿开得那叫个正宗……

赏花时，发现有几株野草探出头来，因着那抹绿意，我迟迟不舍拔去，后来索性浇水时也一并带上了它。

照料下，野草长势极好，竟不复原先的瘦骨嶙峋，有的抽茎长高，慢慢地竟然可以和晏饭花一比高低了，有一株还高出晏饭花很多；有的就地游藤，葳蕤地铺展开来。慢慢地，竟然所有的野草茎侧都开始簇生出了无数个花苞，花苞是袖珍版的，点点如星。及至花苞绽开，花儿探出了脑袋，这里一丛那里一簇的，极是可爱喜人，仿佛幼儿园刚下课的孩子，散得满园都是，关系黏糊得很，去哪里都舍不得分开。它们的形状有的像六角梅有的像喇叭花，也都是袖珍版的，点点金黄碎碎米白浅浅粉红，一朵朵小巧得让人生怜。这些茎藤纤细花儿小巧的野草，别有一种不胜凉风的娇弱，让人不由得心生怜惜。

现在，露台上长满了花花草草，花和草都自吐芬芳，到处一幅草随心舞、花随意开的喜人景象，成了每日必观之风景。看老公和女儿都满心欢喜的样子，我不由得沾沾自得，现在不用下楼便满目野趣呢。

故园寻春

一个烟雨蒙蒙的春日，和往年一样，我从城里乘车赶回老家。

半途雨停了，空气清新喜人，柏油路越发的黑亮，路边的树木和建筑红的艳绿的鲜，煞是醒目，到处清清爽爽景象，不由得我眼前一亮。

从车站叫了辆摩的回家,在村口岔道口停下,沿着野草覆盖的小径走向沙滩地。这块有风有水日头长照的高地,是人们口中的风水宝地,也是祖父母最后的安息地。

双脚踩在自己生活了二十几年的大地,心里立时升腾起一种踏实感。边走边深深地吸气,吸进春天的芳菲和绿色的汁液,吸进花香、草香和树叶的苦涩,感觉自己的身体立刻柔软起来,枯涩的眼睛也开始潮湿。

野草覆盖的小径总会覆盖着一些滑人的青苔,我提着两手很小心地走着。边走边垂睫注目于身周。看及膝的麦子青翠欲滴,看沟渠里田垄间茎蔓纤细的豌豆,嫩绿小巧的叶子里,虽还缀着些许或粉或紫的淡雅花儿,但已现出豆荚的点点嫩绿,形容尚小,微风过处,像极那娇怯怯的美人移步,裙裾不见凌乱,皮肤细致得如同这初绽的容光,粉粉的娇嫩中含着淡淡的羞意。还有茎干粗大的蚕豆,它较之豌豆,终是晚熟了一点,但此时却正是它绽放的时节。只见那厚实肥美的叶子正毫不吝啬地捧出一嘟噜一嘟噜的花儿。花儿形状像极了歇憩枝上的蝴蝶,白中带紫,很是亮丽。那份亮丽竟是细长细长的,似狐狸长长的眼梢,却因为花瓣柔韧而有弹性的质感和茎叶的粗线条,减却了几分妖娆,虽然如此,却更见了风致,给这个壮实得不怎么起眼的茎叶平添了一股子灵秀。这使得我们的蚕豆像一个村姑,对着我笑迎上来,不仅透着女儿家的娇憨,还给了人一种可信赖的忠厚相,干净、温暖、善意。正是恰到好处。

沾雨带露的野草很快打湿了我的裤边,我浑不在意,继续前行。

从前方麦子的绿茵里突然冒出一人,向我迎面走来,朝着我微微笑,淡淡地打着招呼:"梅儿,回来啦。"那神情,不见一丝诧异,那口气,也仿佛对我的一切都熟稔了似的。

我倒有些诧异起来。虽然每年都来,却还没和村人在这条小径上碰过面。细辨此人模样,却是父母家邻居家友哥。认出他之后,有那么一刻,我诧异于他的头发怎么一下子变得如此灰白,并没听父母说他家突遭了什么变故呀。再想想,又释然了,十多年没见了呢。他该五六十了吧,一个五六十岁的人，头发怎么可能不白呢。我叫了声哥。说话间，两人已错身而过。

走过水渠间村人搭的预制块板便到了沙滩地。空气清新而湿润。我停了下来，抬眼看向四周，细细打量这个我一年来一次，心里视之为家园的地方。因为沙滩地地势最高，便有点一览无余的意思。

天真是高啊。

天空有些发白，有淡灰色的云朵从远处缓缓移来……河岸上箬竹真多呀！因为这条小河源头在古马干河，而古马干河又是长江的支流。所以，箬竹便一片接一片，一方连一方，绵绵延延把它的秀挺模样一直送到云海深处。

记忆里最闪亮的那段，是属于这河岸的，是属于四周河岸上生长的高高箬竹的。尤其到了四五月份，一种清香浮动其间不谈，对于孩子最大的妙处是，它们挺直无数秆细长翠绿的身躯，繁盛茂密、蓊蓊郁郁，仿佛一个绿色屏障，把外界完全隔开。此时的箬竹林便是孩子们的天堂。

四五岁年纪，头发短短身体瘦小的我，更是对箬竹林着了迷，每天一丢下饭碗便往河滩跑，一头钻进箬竹林里。有时，摘下那肥绿绿的大箬叶，或做成口哨，把自己的快活在林里唱响。或分成三股四股，编成长长的粽子结，吊在耳朵上，塞进裤腰里，然后故意摇晃着脑袋，扭摆着身子，使它们晃来荡去，仿佛自己一下子就变成画报里的藏女了；有时，伸出手去，小心翼翼地绕过河岸上野蔷薇带刺的秆，去采那一簇一簇的粉红粉白花儿，头发短插不了，便鼻子下嗅着；有时，什么都不做，只在箬竹林里钻来钻去，听着自己闹出的哗哗啦啦的一阵响，心里便快活得撒欢的小狗子似的。偶尔遇上一两个扛着锄头的大人，那是采箬叶的，他们拿锄头钩下箬竹头，精挑细选着心目中最理想的叶子以备裹粽用，并无暇顾及其他，但我总是躲起来，怕被他们发现，回家告诉父母去。

来找我的总是我的祖母。密密的箬竹隔着，总也找不到，便急得高声呼唤起来，她不像别人家的爹娘发狠，说什么“兔崽子，看我抓到你不打断了你的腿！”当然，换了其他淘孩子，即使这些话也是不怕的，耳朵里早生茧子了，他们总在不远处偷偷捂着嘴笑，心里乐开了花。和大人躲猫猫总是让他们很上瘾。祖母只是拉长了调,很温和地喊:“梅哎梅哎,快回家吧,你妈快回来啦。”一听母亲回来了,我非常识相地钻出箬竹林,乖巧地叫声奶奶,跟在祖母后面颠儿颠儿回家。

现在再回忆起这些往事,心里备感温馨。就在此时,远处传来雀儿的几声鸣叫,金豆子似的脆,抬眼寻时,却影子似的飞过眼角,再也不见。

收回视线,看向面前一根根齐匝匝麦子,绿绿的,水水的,嫩嫩的,让人忍不住地想伸手去摸。

目光渐次延伸,那无边无际、层次分明的田野呈现在我的面前,那是麦子的世界。春光在上面一展风流,整个世界都被绿得嫩嫩的,到处充满生命的信息。一时间,醉心其中,物我两忘,乐不思归了。

大自然的一只绿色的巨手,把我的一颗心,抚得安安稳稳,沉沉实实,恬恬静静。

夏夜麦场纳凉记

我的童年是在偏僻的乡下度过的,那时,因为物质条件比较匮乏,家家户户都比较穷,吃的是粗茶淡饭,住的是低矮瓦房,少数人家住的还是简陋的土坯草房。

但不管什么家庭条件,家家屋前都会辟出一块很宽敞很平坦的场地晒麦用。

夏天日头长,收完麦子天还很亮,祖母已开始准备晚饭,为的是早日晾凉,吃时才爽。

这时,我们做孩子的也不得闲——进一步打扫麦场,遍洒井水,去除地底蒸腾上来的热气;搬饭桌端板凳摆碗筷;把晚上唱戏的“舞台”和纳凉的“床”——大竹匾搬去井边,用井水认真擦净,再搬回麦场用长条凳支好。

等我们洗完澡,大人的活忙完了,晚饭也晾凉了,一家人便团团坐下,开始吃晚饭。

那时没有院墙,去别人家脚一叉就到了。往往我家晚饭还没吃好,已有男人女人来串门。女的多端了个饭碗找母亲唠嗑的,碗空了也懒得回家,直接在我家续一碗。男的多是来听见多识广的祖父讲古的,见我家还在吃饭,便和女人们一旁先插科打诨起来了。云伯也不知说了什么浑话,惹得泼辣的鸭子婶二话没说,脱下脚上的拖鞋,举起没头没脸地笑着追打他。热闹极了。

我和妹妹满脑子全是“舞台”上唱戏,对一切都漫不经心得很,三口两口吃完,便碗一丢猴急地爬进了竹匾。

我和妹妹把花花绿绿的被单轮番缠在身上,扮小姐演公子,忙得不亦乐乎,直到玩累了方躺下休息,这一躺下顿感热不可耐,不由地哇哇叫:热呀热呀!

这时大人们已吃好了,正围着桌子说古,祖母便离了桌子,拿个大芭蕉扇给我们扇风,一边说着“心静自然凉”。我们哪里静得下来,还是哇哇叫。这时,祖母便开始给我们讲一些古老美丽的故事,《白蛇传》、《孟姜女哭长城》、《天仙配》、《五女拜寿》等。我们这才慢慢安静下来。

讲《天仙配》时,祖母会一边指着天上横贯的银河,向我们指认哪一颗是牛郎星,哪一颗是织女星,一边告诉我们七夕这天,会有成千上万的喜鹊飞来,搭一座鹊桥,让两位长年隔河相望的夫妻团聚。

我撒娇地摇摇祖母的胳膊问:“奶奶奶奶,我们怎么才能看到牛郎织女相会呀?”祖母和蔼地说:“听老辈人讲,想看牛郎织女相会必须是在夜深人静的时候,静静地在葡萄架下等呢。”

方圆几里都找不到葡萄架,有点遗憾。不过,这事没让我怅惘很久,因为没见过的东西多啦。

听故事的时候我常无比崇拜地看着祖母。祖母是多么的与众不同呀,可不只是会讲很多美丽故事。农村有很多和我祖母差不多的老女人,她们仿佛不知道有害羞这个词,图凉快也和男人一样光着身子,任两个干瘪的奶子像吊瓜似的在胸前荡来荡去,祖母可不像那些女人那样随便,即使再热,也穿得整整齐齐,最多解开夏布短褂最上面的一粒纽扣。

故事结束后,我兀自痴痴地瞧着天上的繁星点点和天边的弯月出神,想象着牛郎织女鹊桥相会那拨动心弦的一刻情景。所有炎热和烦闷都仿佛离我远去。

夜深了,众人散去,周围静下来了,微风吹拂,月光皎洁、树木婆娑、虫鸣悦耳、身影悄然……凉爽和快意中,瞌睡虫找上了我,故事一个个入梦来:好多好多喜鹊从四面八方飞来了在银河上搭起一座彩虹鹊桥,牛郎和织女从河两岸向对方跑去,紧紧拥抱在一起……

但祖母肚里的故事再多,也赶不上我们日益壮大的胃口。终于有一天,我和妹再无新故事可听,躺在竹匾里很是无聊,这时,妹缠着我说,姐,你讲个故事给我听吧。其时,我从课本上和小人书里已知道了不少故事,便把这些故事讲给妹妹听,终是书看得少,记忆库很快就被妹掏空了。实在想不出新故事了,新书又不易得。只好照着才子佳人的模式信口编造起来,没想到妹妹听得津津有味,第二天纳凉还追着我问,后来呢后来呢。我大受鼓舞,把昨天的故事又续了下去,一连续了几个晚上,直到实在绞不出脑汁来方匆匆地收尾。

这事至今想来还颇为得意,尤其是开始业余写作之后,常常拿它来给自己打气,瞧,咱是有编故事天赋的啦。

>>>>>> PART 3

文化·悦读篇

看着《行走的姿态》扉页上的空白我常陷入沉思，这扉页上的空白不正好给我们无限的想象和希望吗？生命的奇迹无处不在，这不是一句空洞的套话，而是一种对人生的坚定信念。

关于抽象画

没见过抽象画,倒先听到了一个关于抽象画的笑话。

向美术教师交抽象画作业时,一位学生只交了一张白纸。老师问:“画呢?”学生答:“这儿。”老师:“你画的是什么?”学生:“牛吃草。”老师:“草呢?”学生:“牛吃光了。”老师:“牛呢?”学生:“草吃光了,牛还站在那里干什么?”他指着白纸说。

因为这则笑话,我对所谓的抽象画留上了意。

之前,对画作的欣赏仅限于传统画。自问艺术门类中,自己对画画的兴趣似乎更大些,小时特爱画画,在人们的夸奖里也做过画家的梦,后来,因为一些原因最终没能进专校学习,一直引以为憾,现在嘛,对画就只作壁上观了,但感觉还是有一点的,有时观一幅画爱到极里,情感汹涌竟至无语,虽然无语更多是缘于自己语言库的空虚。无语时,画画之心复又萌动,总想着,如果有机会一定把它好好学过。

一留意却发现,这个笑话实是对抽象画的歪派。不过,面对抽象画,思路蹇塞时强烈的无力感,那份惴惴,时时袭向我,使我清醒地认识到抽象画欣赏于我是此路不通,遂绝了抽象画里恣意游走之奢望,依旧对传统画情有独钟。

这次关于抽象画欣赏的感触,乃两位文友去北京“798 艺术区”观抽象画后迥然不同的看法所引起。

在有阐述文字的小册子的辅助下，肯定了少数作品后，高校任教的文友对所展抽象画的感触是，“许多作品仅仅是一些线条、色彩的堆积和组合，几乎没有任何造型，也没有任何美感，也看不出任何意义……”一句话，“深奥”得无人能懂。在他看来，许多作品是打着抽象的名头，故弄玄虚故作高深。

另一个文化局就职的文友却得到了截然不同的结论。他说，抽象画只是展示品的一部分。但是，抽象的表述之处很多，如鸟巢的展现也应该是抽象的表述。他还说在那待快一天时间都不想出来了，他的最大反应是感动。感动大多数作品都出自八〇后，感动大多数作品抽象或具体地关注到了一些社会问题，感动大多数作品都具有很强的思想性。

不排除这位文友不懂装懂故作风雅的可能。但，同一展区，同一种艺术形式——现代抽象画，两者观感之截然不同，令我难以置信。为什么会这样？

思来想去，再冷静下来，很客观地平视抽象画这一艺术形式，得出了结论，可能是他们的关注点不同吧。

便想到，一幅作品的问世是否为世人接受其实是受很多因素所影响的。抽象的东西永远都是死的，如文友所言，“一些线条、色彩的堆积和组合，奇特的几何造型，有规律或无规律的线条的交汇”，而人的思想却是丰富多彩的，丰富的人决定了抽象的丰富多彩。欣赏是建立在接受基础上的高度。而接受不仅与观者的专注点不同，还与文化内涵有关，与性格爱好有关，与思维方式有关，与个人的价值取向有关等有关。

若论文化内涵，似乎没什么可说的。所谓内行看门道外行看热闹嘛。

若论价值取向，这就如名贵烟酒，对于嗜好者来说是好东西，但对于无此好的人来说则一文不值。当然，此类无任何探究价值，爱好使然嘛，当然，这些昂贵爱好，总带着很大的功利嫌疑。

…………

除了这些，还有一些说不清道不明的因素起着决定作用，让人啼笑皆非。曾有一位文友问我这样一个问题：一幢摩天楼插向天空并配上西方 A

片性爱的声音，这种视频作品你认为行吗？行吗？我觉得这问题很难回答，这和文学作品中性描写是一样的，如王小波的《黄金时代》，当人的生活沉沦到那种程度，人只能演变成一种本能的东西，而这种东西又恰恰体现了人的温暖与思想，行与不行要看怎么表达。所以，我的答案是——不知道。因为，且不谈我们观看者的素质，最起码没有亲眼看见。

再回到抽象画欣赏来。画分很多种，既然定名为抽象画，自有其存在价值和规律性。抽象画因为与自然物象极少或完全没有相近之处，而又具强烈的形式构成面貌，所以争议一直颇多。在一些人看来它是艺术审美倾向最有力度的表现形式，而在另一些人看来，它却是不具备美感的。这没什么，不同的人有不同看法完全正常。即使同一个人，在不同的心境不同的环境，也会有不同的感受。就像那个引来自古至今千千万万人争论不休的蒙娜丽莎的微笑，换个心境换个时间看，感觉那也可能是大相径庭的，但无论怎么看她就是在笑，笑背后的真相，就是想象的空间。我个人认为，超大的想象力，是抽象画的特征，学生的那个关于抽象画的笑话，于抽象画这点，描述很到位。

所以，对抽象画，对作者，对观者，且宽容吧。这时，也许只有选择一个自己熟悉的路，才能使自己到达目的地，如高校老师所言及的有阐释文字说明的小册子。

其实，一个作品，观众看不懂又有什么打紧呢，作者自己懂就行了。这个世界，因为有了太多的不懂而精彩。曾有艺术家的作品其实就是反映他自己的人生一说，虽然此一时彼一时，但这句自有它存在的价值，雪芹同志的《红楼梦》就是他的一生，别人的心境我们没有经历过，不懂也是情有可原的，但我们大可以顺着作者的思路去想，也可以自己揣摩，虽然结果肯定不一样，但都没有对错之分。高校老师和那位文化局就职的朋友看法的截然不同，说明“798 艺术区”那有相当的魅力，一种艺术形式或是一幅作品，有人褒奖成败未定，如有人批评，那倒说明，这种艺术形式或那幅作品成功了一半，因为它有批评的价值。就怕作者自己也不懂。

一幅抽象画，看客们全然不懂，也不知这算艺术的尴尬，还是伪艺术在照妖镜下露出了狐狸尾巴。它的生命，究竟是夭折，还是终老，更或传世，由时间老人去检验吧，许它某一时刻成了一个磁场，一极古代，一极现代，心灵的罗盘在哪里感应强烈也不定。

全瓦比碎玉更高贵？

现在有个说法颠倒古训，且有甚嚣尘上之势——宁为瓦全，不为玉碎。这些人是这样理解的：碎玉，虽然依然是玉，却已经分文不值，永远不像碎金子碎银子那样价值依旧。而全瓦还可以用来建造房屋遮风避雨，所以，全瓦的这种隐忍更是一种高贵。

此玉瓦之说，乍一听，似乎也对，但细想想，还是错的，错就错在，这种说法谈到了“隐忍”。一种无生命的物质，谈得上“隐忍”吗？“隐忍”二字泄露了他们内心的想法——此玉瓦是引来喻人的。

以物喻人、借物抒怀咏志是中华文化的特色，一方面缘于传统的含蓄，譬如，因“柳”“留”同音，人们心中的不舍嘴上不说，而用“柳”来表达“留”意。于是，就有了自汉以来折柳送别的传统；一方面是环境使然迫不得已。这点，最有代表性的当属屈原《楚辞·九章·橘颂》中的引橘咏志抒怀；也可能缘于其他。林林总总，原因复杂。这诸多复杂使得比喻这修辞手法中的一个大项意义和作用无限。

说了这么多，其实只为表述一点，那就是“宁为玉碎不为瓦全”中的此玉此瓦已被引入喻人境界，而不再是一种无知无觉的物质了。

苟全的瓦比碎玉更高贵，大跌眼镜之余，很让人们茫然更抓狂。细想之下，却大谬不然。既然此说以价值来衡量，那么，以子之矛攻子之盾，我们且以价值来驳其谬误。

假如此说成立。还以屈原为例，为求自由独立高尚节操自投汨罗江的屈原岂不是“分文不值”？谁让你不能“既来之，则安之”，变得合群一点儿，和那些落地生根的野生植物一样随遇而安、逆来顺受呢？

果真如此吗？让我们谈谈人的价值吧。我们立身处世都讲价值，但必须先弄清楚：我们追求的“价值”究竟应该是什么？这就需要准确地揭示“价值”的内涵了。

价值是具体事物的属性，是指在具体事物中真理的含量，是从质和量的统一上对具体真理的度量。促进与实现和谐发展的功能，是它的质；这种功能起作用的时空范围与强度，是它的量。社会成员普遍接受和谐价值观的价值观念权衡利弊，就会驾驭社会的变革，朝着和谐社会的方向发展。世界各个国家和民族普遍接受和谐价值观的价值观念权衡利弊，就会驾驭这世界的变革，朝着和谐世界的方向发展。

人生的价值应该等于从生到死的价值总和。

人的生存价值，等于他为促进与实现人类个体、群体、整体与自然万物的和谐发展，或者说等于他为多少人的生存发展，创造与提供了多少有利的条件这一客观实际。巨人或伟人，是为最大多数人的生存发展，创造与提供有利条件最多的那些人。人死了不能继续创造价值，表象看上去似乎是如此。但是，殊不知，死的本身也在构成和产生某种价值，所以才有“死有轻如鸿毛，有重如泰山”“为人民的利益而死比泰山还重”的说法。所谓价值，这实际是一个人生哲学。孔子的生之哲学和海德格尔的死之哲学，貌似隔离，但一旦结合，却是对人生生存和终极价值的探求。

所以，碎了的“玉”，真的就分文不值了吗？不然。不但不，其价值甚至还远甚于完好之初。是的，“玉”碎了，从某种意义上来讲，已没有狭义上的价值，但是，它碎的本身也在构成和产生更广义的价值。那被折射了的一地碎光，对生者而言，其构成和产生了最大的也是永久的价值，所以，才有了独立人格、高尚节操的显扬，才有了文化精神上“水土不服者”屈原的虽死犹生。

若于这点想通，则，真妄毕现，心即澄明。无疑，全瓦比碎玉更高贵，这是一个悖论。

我们多久没写字了？

话题是李成年先生赐我墨宝引起的。

李成年先生何许人也？将军。现为北京市杂文学会常务理事、东坡书画院名誉院长、中国将军书画院理事、《山东人》杂志社特邀顾问。

将军，这是个让人起敬的词，本已难得，偏学养丰赡，正如我的博友搜益所言“军事人才不简单，文化修养非等闲”。前年得到其亲笔签名的杂文随笔集《湖畔思絮》，一直偷着乐，未曾想好运连连，今年，李成年先生又赐以字幅两张，真是令我喜出望外。

先墨宝而来的书法照，让一些关于书法的久远记忆回到脑际，泛起情感的层层涟漪，也强烈吊起了胃口，勾起了我对它的拥有欲，对邮件的到来开始翘首以盼。

年底便早已备好，因为怕邮路上丢失，正月里李成年先生方寄出。收到邮件心里有点激动，面对一个期待已久的东西，感觉总是很奇妙的，明明迫不及待，偏又理智尚存，觉得大庭广众之下得不骄不躁，有所矜持，可想到离下班还有一两个钟头，要坐等一两个钟头，精神上不啻一种煎熬。终于办公室里打开。虽然年前便已看到书法照，但展开时那个震撼呀，书法就是书法，那势、那韵，照片哪有半分及得！不由心里叫一声：“我的娘呀，字竟这般的漂亮！”心都欢喜得天上人间玩蹦极了！直叹，粗言糙语虽难听了点，但要论表达感情，还是粗言糙语来得痛快淋漓。办公室两同事也挺没出息的，那盯着的两双眼睛呀，贼亮！展开的刹那，竟异口同声一句：“HUO——”一个还转身看我，一脸的不可思议：“你从哪结识到这样的高人呀？”我那个激动呀，都语无伦次了，竟回他一句：“我也不知道呀！”

多丢人呀！不写文章的同事面前，多好的显摆机会呀！尽情显摆就是，自谦什么呀？

但同事们有一点没看错，那就是书法鉴赏上，我和他们没什么两样，都不懂书法。

一直自知，自己虽现在也有文字散见纸媒，但骨子里实是个俗不可耐的浊物一个。就说棋琴书画这些雅事吧，我下棋只会五子棋、象棋，还仅限于会下，谈不上水平；闻弦音知雅意，那是万万不能的。阳春白雪的弹钢琴不会，下里巴人的二胡会拉一点，但拉起来那声音不懂的都吃不消；小时特爱画画，最喜画仕女，在人们的夸奖里也做过画家的梦，现在嘛，因搁置太久，只能作壁上观了；字呢，仿佛就为了证明“刚不可久，柔不可守”这句话的正确性而存在的，体力下降后，基本上都是狗爬式，笔锋没了，还笔力柔弱得不像话，常常是很高昂地开始，慢慢地弱下去、弱下去，弱成字迹模糊的一片。也就自己的名字写得略微漂亮些，这本来还可聊以自慰，谁承想，前些时去邮局，寄邮件给文友，突然发现自己面对偌大信封一时间竟然很是不知所措，都不知如何布局了，迟迟疑疑着，愣把个落款自己的大名也写成了狗爬式，彻底做到了“满纸狗爬”！不由消极颓废，觉得自己真如余华所言之某些人，年纪都活到狗背上去了。刺激真不是一般的大。从邮局归来的路上便开始深刻反省了自己，自从离了学校门，天天和电脑打交道，平时除了报表上签名、写写阿拉伯数字外，基本上做到了无纸化办公，都几年没写字啦！更别提什么了笔情悟墨意了。

就这么一个浊物，咋运气这么好呢？不但同事觉得不可思议，我自己也觉得不可思议。这三年里，因为文学，我不但认识很多“雅人”，认识李成年先生，还蒙他青眼有加，特地为我写下巧嵌我姓名的两幅字，两幅啊！要不是字幅摆在面前，想想都像做梦一样，真的挺不可思议的。

可是，这是真的。我不但得了，还在打开的那刻，迅速想到倾城在《像书法一样做夫妻》中有一句关于书法鉴赏的话：“每一幅优美的书法必是协调和谐趣的统一，每一幅好的书法之中定然是动中寓静，静中有动，不拘泥于平稳，然又是绝对的稳重。既要疏密有致，留白得当；又要迎让相间，顾盼生情；偶有笔断，但意犹连；虽有气止，然息仍通；彼此铺垫，互作俯仰，于呼应中精彩纷呈，在牵连里妙趣横生。若此，方达气韵生动，神采斐然之境地。”对于这句话，过去我一直不是很有感觉。何为好书法？年少时是开不了窍，成年后是无暇关注，一直浑浑噩噩着，现在，对应着李成年的字，有点懂了，又忆起书法中的每个字、字与字之间所谓的“势”“取势”“兼势”。有些感觉依稀回来了。

一时忆起了自己读读写写的学生时代，忆起了自己的青葱岁月。

“有些过往，未曾回首，已然老去，如坠落河底的石子，在记忆的某个角落无声无息。有些往事，不曾触及，若乎遗忘，其实已深入骨髓，成为习惯。有些念头，仿佛突如其来，不期而至，其实积蓄已久，只是不忍面对。”说得真是一点不错。

我们多久没写字了？我们又多久没练字了？两个问题一前一后突然从脑海中冒出来，心里一动。

写字于我，好像是很久很久以前的事了，还是学生年代的事。练字，好像也是很久很久以前的事了，也是学生年代的事。至于同事，也许过去练字上有所专，但现在，这字，多是幼功使然，即使好，但也和学生时代那字没法比了。

是啊，多久没写字多久没练字了？估计这个问题会让太多人心里一动。

社会在不断进步，写字的方式在不断变化，电脑的普及，人们基本上实现了办公自动化，一个键盘一个鼠标一个打印机，便能随心所欲写出漂亮美观的字来。于是，人们的关注点全集中在如何提高打字速度上，至于字好不好，练不练字，变得不再重要了，儿时的那股书法热自然慢慢地冷却下来。

要说这样未尝不好，起码办公效率提高了很多。这是一个急功近利的时代，我们自然应该跟上时代，做一群急功近利的人。当然，不止这些，这个时代还是一个竞争残酷的时代，为了生存，我们变得越来越实际越来越世故。但，心里还是会有一些东西时不时飘过，令自己怅然若失，让钞票带给我们的安全感和幸福感来得不那么彻底。那是什么呢？既懒得去深究，又怕去深究，仿佛一深究，辛苦多年得来的一切便有化为乌有之虞。

现在想想，让我们怅然若失又不敢去深究的，是自己内心深处的一些需求。一旦释放出来，我们的所谓幸福所谓理由便会瞬间苍白。翰墨雅韵，瑶琴飘香，散发的不只是艺术的魅力，更是无处不在的羡煞我们的那么一种闲适。比如，这眼前的李成年先生的两幅书法。

慢生活里的灵与肉

——读李家淳散文集《慢生活》有感

认识李家淳有些年头了，虽说对他的低调作风比较了解，但看到《慢生活》的第一眼，还是被小小地震撼了一下。书的封面设计简洁异常：书名之外，大片的灰白夜光色背景，素净、淡雅，设计风格低调得超出了想象，其程度比他的前一本散文集《私人手稿》有过之而无不及。不过，看着“慢生活”三个字，想到他曾经曲折而艰辛的人生遭际，倒是有一股暖流漫过内心。

翻开书细细读来，字里行间散发出的独特气息吸引着我的目光。如果说在《私人手稿》里，他的散文流淌出生活维度上的真实情感和语言温度，那么《慢生活》这本书则完全走出了原来的文字格局，显示出理性的内省式风度，又赋予其深刻的悲悯情致，语言自然、沉静、内敛、饱满，富有张力与弹性，使人在阅读中无法轻易跳过每一个字眼、每一个段落，一种文学与思想艺术的新颖别致之风扑面而来。

《慢生活》从文本上分，大体分为内心的秩序感、读书随笔、当下乡村现实镜像的嬗变以及书信小札四部分。是作者把语言建立在现实之上，是通过内心省察和追问，探究生活内核和个人心灵本质，让文学成为自由精神观照的一本书。这样的写作，抵达了一种较为高远的精神视野。

这本散文集，给我触动较多的篇章有《抱朴》、《春乱》、《六约笔记》、《九月手记》等。语言洗尽浮华，自然冲淡，呈现出一种臻于生命与艺术双重圆满的境界。随处读到的隐喻味道与语言的逆向思维，完全有别于当下题材与叙述语气雷同泛滥的写作缺陷。

比如《春乱》，表面写人，其实折射出整体的社会层面，“春”暗指汹涌的物质主义，在当今时代，人类的精神出现问题是肯定的，所以借助睡眠、说话、看医生来隐喻。在这里，睡眠是精神符号，说话是表达符号，看医生是拯救符号，作者表达的是反抗无止境的物质欲望，反对强权逻辑，反对刻板的社会拯救机制。

作者视角并没有囿于专注自身乃至个人内心，而是关注同类及其命运状态与关注大地变迁，甚至整个社会的痼疾。这点不仅体现在《春乱》里，《蚂蚁》、《变迁记》、《尖锐的夏天》等很多篇章均有体现。这些生存和世相的书写，使他的散文空间走得更为开阔和厚重。

所谓语言上的逆向思维，不是直说，不是看问题毛驴式的一条线，而是透过旁敲侧击式的、巧妙的叙述，语言呈现出放射性的特点，追求事物的多义和多层面阐释。比如，“一个听不到女人哭泣的男人，不配拥有安妥的睡眠。”（《春乱》）看着这句话，你会想到家庭暴力、战争的残酷、女权主义以及担当，一个能够注视女人眼泪的男人，他的精神世界无疑丰富而良善。只有你感觉语言文字里不一样的特点，那些不像平时的语言习惯的特点，慢慢领会，才能琢磨出来。个人认为，《慢生活》一书，语言上的高度创造性正在于此。作家朝潮曾在点评《春乱》一文时说：“徐徐开启的语言的逆向之门，它是一种瑰丽和隐秘，无论身体的失眠，还是亲人的失散，当他们走到语言的假设立场上去时，会显得更具个性和更贴近阅读者的内心。”我深以为然。

同为乡村题材，很多作者不是写传统的风花雪月，便是写空落下去的凋零，语言上也是鹦鹉学舌，人云亦云，看不到作者自己的温度和思想。李家淳则不然，他关于乡村的现实镜像，屏蔽了唯美抒情的乡村烂俗题材，用他独特的发现和表现，让人不但看到了乡村面目的日渐模糊，更反映出一个作家清醒的追问和探究。

因为平时对小说关注较多，阅读中，我还吃惊地发现，李家淳在散文创作的这条路上，巧妙地融合了小说的写作技巧，在大大增加文章可读性的同时，对散文这个文体的本质却毫无损伤。他对整个文本驾驭得得心应手，充分体现了他对散文以外其他文体的了解。诗歌自不必说，因为融诗歌于散文，对散文写作者而言早已是“成熟工艺”。跨文体写作，突破文体之间闭塞的阻隔是当代写作者一直孜孜以求的，但鲜有成功者。李家淳这方面的探索让人不由得刮目相看。

艺术贵在创新。作家以“不重复别人”而卓然成家，却又因“不能不重复自己”而慢慢地自我消亡。这个道理谁都懂，但不重复别人容易，不重复自己很难，想要有所超越就更难了。这一点，李家淳似乎很容易就体会得更彻底，他散文创作上进展的神速让人实在不得不惊叹。

合上书，目光随意地扫过封面，突然有了新发现。灰白的夜光色背景中，有几根几乎不易察觉却边缘清晰的纯白线条悄然起伏着，气息优柔婉转。想起书中的一句话：“有一种神秘的语言——譬如汉语——从黑暗深处悄悄浮起来。诗人听到它窸窸窣窣的动静，嗅出它游丝般的气息，幽秘如花。一瞬间，语言的形状、声音、韵律统治了世界，从外至内。”（《黑暗如镜·写作之夜》）再看看封面右上方的“慢生活”三个字，不禁又是一番感慨。这几年，散文作家李家淳一直埋头于“内心”修行，走在文学这条充满苦难与绝望的遥远之路上，严肃而静默，深深使人敬佩。

卑微里的时尚

——读何雨生小说集《木头伸腰》有感

看到江苏作家何雨生小说集《木头伸腰》封面的刹那，眼前一亮，只觉春天的一股清肃之气迎面而来：洁净的纯白底色上一截亮丽的新绿，一朵朵花儿隐放其间，花形大气，丰润饱满，质地厚重——让人心生欢喜和敬意。

之前，看过《文学报》新书架对此书的介绍，“小说选材皆大处着眼、小处入手，展现人性的复杂、悲悯生命的苦痛，拷问不形于色，褒贬锋芒不露；笔下人物虽不乏粗鄙浅陋，但仍存一份卑微的梦想。小说笔调戏谑、调侃，在充斥‘痞子气’的不经意的叙述中展开故事。”正是这个介绍，让我对这本书一下子满怀兴趣。

接下来的几天，我利用所有工余时间，一气读完了这本《木头伸腰》，得到的第一印象是对文学报的妙评深以为然,且不止于此,透过这本书,我看到了一个有着清醒的头脑,柔软的内心,慈悲的精神,行事亦庄亦谐,充满个性魅力的作家,他贴近底层和弱势群体,用自己长期的农村和基层生活经验去感触他人的苦难,对生存和世相进行建立在现代性、世界性的视野坐标上的地域文学书写,在作品的风格和技法上,他虽然偏重传统现实主义,却也并不固守传统,还很好地吸收了西方现实主义的养分,用荒诞的笔法为我们描绘了人们的生存态度,虽荒诞却令人深省。《木头伸腰》这本书收录了何雨生的一部中篇小说和二十五部短篇小说,总计二十一万字,和一些貌似关注底层却居高临下的伪向下的所谓的大家作品相比,说这是本“良心之作”不为过也。而和一些过分强调地域,从而使作品显示出思想陈旧,观念落后缺点的所谓的大家相比,他无疑的既立足于地域又超越了地域。

从目录始,何雨生留给我的印象,不是他选材之新颖,构思之独特,表达之精彩,作为一个成熟的小说作家,我想这是自然和应有之态,这并不奇怪。让人惊异的是那些切入点非常出色,且深得人生况味的标题,一下子就把我的目光吸引了进去。随便举几个例子:《木头伸腰》、《我的儿子也会有儿童节》、《范冰冰的五月或愿望》、《鬼子六的冰棍和潘金莲的爱情》、《土豆为什么喊疼》、《开在苦楝树上的棉花》、《阿拉法特头巾》、《SHE·蛇》、《周笔畅是撇子》……读文先读题,从这些别具一格,鲜活新颖,时代感极强的文章题目里,你怎会把它们与市井、乡村链接到一起,更和底层及弱势群体联系起来?可是何雨生毫不做作地把它们呈现出来,卑微里的时尚,这是生活赋予他的篇什,很多作者为了一个题目苦思冥想,极难遂愿,而要在浓郁的地域文化中捡拾到这么精微的文题,除了勤勉于观察和思考,还需要有大才气。

对底层群体,私下很认同一位知名学者的看法,即,他们对中国历史和社会所做出的贡献,远比中国任何一个阶层大得多。然而一如美国的黑人,即使在正在步入现代社会的中国,他们的处境依然没有任何实质性的改变,甚至和以往相比,反而受到了某种程度的侵害,即一种文明对另一种文明的侵害。高速公路穿过乡野，不过是现代城市文明对乡村文明的一种地理割裂，更深层的割裂存在于乡村的心灵深处。而对弱势群体，社会虽然不缺人性化关怀，却缺乏将其落到实处的举措。我想，何雨生一定是时时感喟于如此现象，遂观而思，思而写，借他们而醒当世。

小说中，反复大量出现的具有地域特点的物象、方言俗语广泛而娴熟的运用及对地域民俗风物的熟稔与描写，表现出浓郁的地域文化特色，但同时，现代元素对这种文化的冲击也处处可见。读着这些故事，会心一笑后，你会联想到当今的一些社会现象及突出问题，比如，农村儿童的权利，青春期教育，夫妻关系对子女的影响，学校的危房改造，农民工问题，留守女人的情欲，大学生村官，老师支教，汶川孤儿的安置，化工厂排污的环保问题……

也许因为自己是个耽于梦想的人，书里最让我动目的是底层和弱势群体的那些梦想。《我的儿子也有儿童节》中农村儿童强宝希望自己和城里孩子一样过儿童节，却因为家长无视，只能寄希望于下一代。《范冰冰的五月或愿望》里少女范冰冰希望有一个和睦的家庭氛围，为此，她一再采取极端手段，让她始料未及的是，最后弄假成真，沦为强奸案里的受害者。而《土豆为什么喊疼》中，土豆用性命骗取赔偿款，只为给家里还债，把妹妹的亲退了，弟弟上高中，再给家里盖个新房子。《周笔畅是撇子》中科员为了一个狭小的生存空间，曲意迎合左撇子的科长，不仅自己努力成为左撇子，还逼迫幼女变成了左撇子……

在现时代，他们的梦想是何其卑微，但是，即使这卑微的梦想，也不能遂愿。何雨生的这部作品，我认为最冲突也是最成功之处在于，把底层和弱势群体的梦想和现实放到了对立面，让梦想之卑微，彰显现实之残酷。

底层和弱势群体的生活楚痛，在何雨生的笔下一一呈现，强烈地冲击着人们的心灵。我们有理由相信，通过何雨生这部丰润饱满质地厚重的小说，这些问题必将得到社会的正视，并于不久的未来得到解决。

是苦难，亦是幸福

——读散文集《雨声不断》有感

网购到这本《雨声不断》时，一股幸福的激流顿时流遍全身，因为，我竟然先于作者看到这本书了！两天前的短信联系让我知道，作者耿耕此时正和一群汉子在一座陌生的城市里，为了生活打拼，尚未收到此书的任何信息。只是，短暂的幸福之后，想到年已半百的耿耕还不得不为生活四处漂泊打拼，心里不免替他难过。

不过，随着阅读的深入，这些难过也开始渐渐释然。所谓失之东隅收之桑榆，耿耕可不正是？

可以说，这本由“真实生活”和“往事如烟”两个分辑组成的《雨声不断》，正是耿耕对日常生活的阐述，透过真实的细节，彰显人生哲理。语言呈现一种洗净铅华后的质朴，细节上却又涂满了思想的汁液，洋溢着爱和悲悯、感恩的真挚情怀，又蕴含着极强的个性，在文本上体现出很大的创造力。比如，“大厂里，金属的光芒常常刺痛我的眼睛，与这些沉默的金属打交道是我的工作，我伸出的手可以轻松地感受到金属的痛苦与烦恼，我用我的知识与思想让金属们得到一种快乐与解脱。金属，我真的摸到了你的心跳。”（《对大厂的一些记忆》）语言有着金属的质感，确立了散文的硬度与韧度，类似这样的语言，在散文里比比皆是、俯首可拾。

在现时代，太多的冲击、物欲、得失，外在的引诱和内里的挣扎，心灵被禁锢已成为人们的普遍感觉，对崇尚自由的耿耕而言，更是一种苦难。也许正因此，文集里到处可见自由与生活的冲突，透露出张扬和隐忍的混合气质。《悬崖上的舞蹈》、《那人》、《光头》、《雪中散步》等篇章中，作者对自由、勇敢、纯洁、真爱、温暖等美好的一面进行讴歌和赞颂，对人性中的平庸、卑微、世俗、冷酷等丑陋的一面进行揭露和批判，将一个困在现实中的灵魂真实地展现在了读者面前。我仿佛看到，一个男人如何在现实中一次次碰壁，直到伤痕累累，却仍坚定地保持着与现实的对立与距离，以其在生活和精神中的独立，不停地用梦想酣畅淋漓地书写着日常生活。

作者没有在沉重上耽溺，对人生他终是无比热爱的。在他眼中万物皆有灵，《凝望》、《面对石头》、《夜的体验》等篇章里，对白玉兰、石头、夜色等或阔大或卑微的事物，他都保持着敬畏、尊重、慈爱和感恩之态，呈现出一种超越了俗世意义的精神气象；他还关注同类及其命运状态与关注大地物象的变迁，甚至整个社会的痼疾，这在《阳光下的生活》、《关于大厂的一些记忆》、《与一位故人夜谈》等很多篇章中均有体现，这些对生存和世相的书写，也使他的散文空间走得更为开阔和厚重。

阅读过程中，我时不时地惊诧于耿耕对生活、对生活背后的真相、对生活的本质，以及人与人之间那种奇妙的，甚至有时让人心惊肉跳和战栗不安的微妙关系，粗犷汉子耿耕竟有个优秀的有时让人有点喘不过气的神经触角，更吃惊于耿耕的散文创作于文体之间的融通渗透，已然模糊了文体间的界线，但想到他的出身背景和写作身份时突然有些明白了。籍贯安徽，祖籍江苏，漂泊的生活状态，这些都给耿耕带来了多于常人的生命体验，使他游刃有余地在散文作家、诗人和小说家之间变换写作身份，在血性风骨和敏感柔肠之间切换频道。在某种程度上来讲，叙述的自由和书写的幸福源自身心的苦难历程，在这一点上耿耕拥有得天独厚的优势。

文集所用艺术手法中，最惹人注目的是随处可见的隐喻，比如，作为题目的散文《雨声不断》，表面写人，其实折射出整体的社会层面，“雨声”暗指残酷的现实，人的一生或多或少会有些不如意，经历一点坎坷，甚至遭遇灾难，如何面对，是所有人都必须面对的话题。作者巧妙地借用雨声、浪潮和青桃来做隐喻，在这里，“雨声”是现实符号，“浪潮”是苦难符号，而“青桃”是精神符号，借助这些符号，作者表达的是一个人在苦难中也可以感觉到生命意义的实现乃至最高实现。

所有的感知都源自一个人的灵魂深浅。而灵魂的深浅又决定了作品的宽度、高度和深度。

仅止于对苦难的认识，那么苦难仍旧只是苦难，但倘若人能对之参悟透彻，那么这苦难抑或就能成为幸福的源泉。耿耕做到了，这些缘于生命的体验，都成为耿耕最宝贵的财富，并被他以一种包容和感恩的心态接受了下来。

“被雨声扭曲的灯光还在窗下，只是雨声已小，我每次在雨声中寻找什么的愿望总是落空，好像这一段故事来自虚空。而雨声又总是在我最平静的时间来打动我，让我感到雨声不断。确切地说，这十几年来，雨声让我难忘，它时时让我感到这是一种苦难，也是一种幸福。而这种感觉完全缘于生命的体验。”（《雨声不断》）

“对于一个视人生感受为最宝贵财富的人来说，欢乐和痛苦都是收入，他的账本上没有支出。这种人尽管敏感，却有很强的生命力，因为在他眼里，现实生活中的祸福得失已经降为次要的东西，命运的打击因心灵的收获而得到了补偿。”周国平在《面对苦难》里的这番话，在《雨声不断》这本书上得到了最好的验证。我看到，耿耕困在现实中的灵肉，却在他对日常生活的书写中获得了最大限度的自由。

向一棵胡杨致敬

——读刘如杰的《行走的姿态》

这是一个相当安静的早晨。醒在床上，我扫视四周，床头的《行走的姿态》静静地出现在了眼前，这是我前两天不眠不休一气读完的书。

遂拿起这本书细细端详，突然就注意到了封面右上方的一棵树。

这是一棵已然成材的胡杨，从其躯干上可以看出雨浸风袭留下的隐约斑驳；这是一棵遭遇了重创的胡杨，主干已被命运之斧拦腰斫断；这是一棵行走着的胡杨，其前倾的身弓着的背都述尽了行走的艰难。从重创处勃发的一蓬葱茏，葱茏里逸出的几根虽稚嫩却已成势的旁枝，和无数充满希望充满活力的火红叶片一起，向人们展示着它的不屈和坚韧。

画面感很强极具穿透力。凝视着它，读过的那些章节开始在我的脑中一一苏醒过来，一幅记载了作者五年行走足印的人生长卷就此慢慢展开。

《行走的姿态》收录了八十六篇“我写”和“写我”的文章，六个主体，家的况味、长河悟语、岁月屐痕、心灵邂逅、心语飞鸿、励我前行。除“励我前行”为“写我”文章外，均为刘如杰二〇〇四年四月到二〇〇八年九月的散文、随笔、评论和信件，约十二万字，它们在有文字洁癖的刘如杰笔下，都具备了纯文本应有的特点，纯净，深刻，精练，同时又极富音乐之美。

也许会有人质疑，也不过五年，怎么能说是人生长卷呢？

是的，五年对于健康人实在不算什么，可谓是短如刹那，而对五年前被权威医院宣判了生命最后期限只有三至五年的刘如杰来说，对此厄运的接受，这是怎样的一段历程呀，用“长于百年”形容毫不为过。

刘如杰，一九六七年生，笔名狮城客，河北沧州人，供职于中国建设银行沧州分行，文字散见市以上纸媒，二〇〇二年底，三十六岁的刘如杰拿钥匙开门时手越来越使不上劲。二〇〇三年被查出患上了运动神经元病，也就是肌肉萎缩。“全身肌肉进行性的萎缩，最终会导致病人丧失主动活动能力”；“到目前为止，还没有有效的办法能阻止这种疾病的进展”——这就是他的明天。

阴霾忽起，劫难骤临，面对是一件很困难的事。可刘如杰却在被上帝关上了一扇门后，看到了上帝为自己打开的窗。那就是文字，这扇窗让他看到许多人无法看到的东西，让他回归本真的生活，回归平静宁和。“将不完满的人生，用文字和生的渴望填满”，感恩的他选择了另一种方式的行走姿态，那就是文字间的行走。

对于常人来说很容易的上网打字，对被医学判定为“渐冻人”的刘如杰而言却很难，尤其是二〇〇四年他的病情急剧恶化，已经写不了字，只能利用屏幕上的软键盘，靠鼠标点击，一个字一个字地按上去，每按一个都要用尽全力。这就是他在文章里常自嘲的“一指禅”功夫。

刘如杰就这样在病痛中著成了《行走的姿态》一书，把经过自己痛苦思索结成的思想的舍利，给了迷于人生的人们随手可拾的让人眼前一亮的哲思睿语，还给那些处于困境中的人送去友情的阳光。十二万余字，阳光而坚韧，找不到一丝无奈、颓丧、暴躁、绝望、消极的情绪！这个软键盘上苦练一指禅的人，和这一个一个“按”上的轻松、风趣、达观、宽厚、温暖、睿智的文字，岂不包含了比文字本身更多的内容？称之为人生长卷实在是名副其实啊。

长卷的内核由一个沉稳平和的男中音徐缓念来：“流金岁月，人生如歌。只是，这条路却异常艰难。毕竟，生活不是一句简单的、悦人醉己的口号，而是真实的亲历的过程。只短短的几年，我仿佛经历了一次‘人生大课’——是饱尝，也是淬炼，是拼争，也是蜕变。”“无数次，独处一隅，黯然舐伤，绝望遁避，喟叹命途舛逆。好在，这些已成为‘过去时’。困厄，是职业生涯的拐点，但也成了我人生腾飞的新起点。”“在这条无法预知的道路上，我没有画地为牢，所做的，是努力把‘？’拉直、再拉直。欣慰的是，如今，医学的‘定论’已被我打破，人生的旅途曙光渐现……一种观念、一种信念、一种信仰，对一个人至关重要。每一种可能不仅需要勇气和机遇，还需要笃定的信念和精神的引领。”“心有阳光，路途便无黑暗；怀揣希望，人生方能豪迈。当时间不再，随之飞逝的还有曾经的焦灼、困顿、憾恨和失落。而收获的，也不只是手中的沙砾，还有旅途的风景、心智的自省、文字的积淀、友情的温暖、幸福的感动，以及灵魂燃烧后的舍利。”

缓缓铺展的画面，给了我乍听到刘如杰病情时的震撼，更让我不由得激情澎湃。

合上书再看封面，胡杨幻化成了达观、睿智、沉稳、宽厚、幽默的文友刘如杰，他微笑着向我走来。身姿高大、挺拔，令人肃然起敬。

两年过去了，刘如杰凭着自己顽强的意志，打破了医学的定论，他还在写，文采愈见斐然。看着《行走的姿态》扉页上的空白我常陷入沉思，这扉页上的空白不正好给我们无限的想象和希望吗？生命的奇迹无处不在，这不是一句空洞的套话，而是一种对人生的坚定信念。

一些真相

——读笑言小说《同事马里奥》有感

加拿大籍华人作家笑言的短篇小说《同事马里奥》,和所有的好小说一样,让我窥见了一事物和抽象事物的真相,窥见了关于小说写作的局部真相。

作者由狗事开篇,切入悬念,倒叙人事,引入“封闭式办公室事件”。挂画一段的生动细腻的细节描写,把马里奥得到分外待遇的得意忘形描述得淋漓尽致,也把其纵情率性的性格来了个精彩展示,同时预示了其情绪很容易从一个极端走向另一个极端,为其后来的怪异埋下了伏笔。

因为争执引发的办公格局改革,马里奥失去了刚到手的封闭式办公室,深切体味了一把从巅峰落至低谷的感觉。读到这里,不由令人喟叹,未来总是存在着很大的不确定性,变故随时可能发生。

偏逢此时,马里奥的爱犬病了,死了。因为随马里奥姓,狗的命运有了象征意义。所以,狗生病其实暗示了马里奥的心理开始病变。狗的死则暗指原本做事认真待人和善的马里奥没了。

急求新狗之时,马里奥把矛头指向了改革的貌似受益者“我”,就打印机的安置问题和“我”开始了损人不利己的不屈不挠的纠缠。以我的退让告终。

一波刚平,一波又起,发生了狗咬人事件。狗性决定了陌生环境下的狗具有很高的警惕性，且攻击性很强，所以才有了马里奥的被咬。这与马里奥在“打印机事件”中的表现不谋而合。因为有了前面足够的铺垫，“我”梦到马里奥变成一条凶猛的狗的结尾便成了顺理成章的一件事。

作者让狗、人二事平行交火，双环连套，从狗引出人，从一个故事引出另一个故事，不仅使人狗间发生密切的关系，还使人与人，故事与故事之间发生密切的关系，不断丰富人物的性格，最后的结尾，更来了个整体大回环，推动主题思想深化。虽然办公室的题材旧点，但作者如此构思硬是把它处理得新颖别致，角度独特。激赏之。

看完问题来了，马里奥的性情究竟因何而变？真的如“我”猜疑的缘于狗的魔力？其不可思议的悖常理生活又说明了什么呢？

因为物欲。

一系列刺激下，马里奥变成了一个极具攻击性的人，而这刺激，归根结底还是物欲使然。

而“我”，对打印机是公物的事实，开始还意识清醒，但慢慢地就概念模糊了。事件中“我”的主人姿态不正说明“我”的潜意识里，对打印机已起贪念了吗？

至于苏珊，更有和马里奥的封闭式办公室争夺在先。在“我”与马里奥的打印机纷争中，她的搅和也不容忽视，虽然她似乎一直貌似“我”方人士。但其真实心理在“得了吧，打印机本来就不是你的”笑眯眯的一句中暴露无遗。

办公室的其他人呢？在打印机搬入“我”办公室的第四天，“午后陆续有人到我的办公室门口张望，寒暄几句今天天气哈哈哈，问一声喜欢新办公室吗？然后撂下一句，你的打印机真不错啊！”言行泄露了伊们内心的秘密。所有这些，虽“我”以“不患贫，患不均”释之，但也进一步说明了“物”欲乃人性。

因为工作气候。

从这么一群人身上，我不但看到“物”欲，还看到了人与人之间的隔阂、猜疑和冷漠的工作气候。而马里奥所选择的不可思议的悖常理生活，更彰显了这一点。它们互为表里，使一直翻腾在我们思想深处的模糊概念，变得明朗和稳定了。让我们警醒。

所以说，小说并非仅仅讲述了马里奥的故事，而有另外的深意。那就是，在突然的事件面前，当正常的秩序被打乱时，人类的各种表现，人生百态。

小说中，作者对东西方文化差异和不同人生哲学的省视也不容忽视。“旧狗尸骨未寒，就将新狗迎娶回家，是不是太快了？”单这精致的一句，就能让人感悟到西方人的思维观念与我们截然不同，也道出了西方人的生活节奏。而“我”，代表的是一种应付人生态度，它直接导源于根本不同于西方的人生哲学。这样两种人同处一个办公室，其矛盾之典型性，状况之复杂性，所引发的社会层面上的思考之意味深长，不但赋予了小说新的意义，更使小说的象征“能指”辐射面广。个人认为如开掘再深些，效果会更显著。